D1870976

Jörn Birkholz

Schachbretttage

Jörn Birkholz

Schachbretttage

Roman

TransferBibliothek
FolioVerlag

TransferBibliothek CXXII

© Folio Verlag Wien • Bozen 2014
Alle Rechte vorbehalten

Lektorat: Joe Rabl
Coverbild © dan Burn-Forti, Gettyimages
Graphische Gestaltung: Dall'O & Freunde
Druckvorstufe: Typoplus, Frangart
Printed in Europe

ISBN 978-3-85256-642-9

www.folioverlag.com

Und an dem Tag, wo in jedem Menschen
der Schriftsteller erwachen wird,
wird die Zeit allgemeiner Taubheit und
Verständnislosigkeit angebrochen sein.

Milan Kundera
Die verlorenen Briefe

Für Justyna

1

Über sieben Brücken musst du gehen I

Mein Roman wurde veröffentlicht. Es gibt über hunderttausend Buchneuerscheinungen im Jahr. Da wird selbst mir klar, dass ich nicht der Einzige bin, der sich zum Schreiben berufen fühlt. Wenn mein Buch nicht in der Versenkung verschwinden soll, muss ich etwas tun. Weil die Zeitungsredaktionen ähnlich heftig mit Zusendungen zugemauert werden wie die Verlage, versuche ich es an der Basis – bei den Buchhändlern.

(Stuttgart:)
„Buchholz, guten Tag, ich wollte Sie nur kurz auf meinen Roman aufmerksam machen."
„Wer ist da?"
„Mein Name ist Buchholz!"
„Grüß Gott, Herr Bugol, was kann ich für Sie tun?"
„Ja, grüß Gott, ich wollte Sie nur kurz auf meinen Roman aufmerksam machen."
„Ihren Roman?"
„Ja."
„Wie heißt der denn?"
„*Derangiert.*"
„*Derangiert*? Hab ich noch nie von gehört."
„Deshalb ruf ich ja an, also …"
„Wovon handelt Ihr Roman denn?"

„Von Spätjugendlichen, die …“
„Von wem?“
„Von Spätjugendlichen, die sich …“
„Schon gut, egal, hat Ihr Roman denn eine ISBN?“
„Ja, natürlich.“
„Dann geben Sie mir die mal durch. Dann geb ich die gleich mal in meinen Computer ein.“
„Neun, sieben, acht, drei, vier, vier …“
„Halt, nicht so schnell! Also, neun … sieben … acht … drei … und wie weiter?“
„… vier, vier, acht, vier, eins, vier, sieben, zwei, zwei.“
„Also, bei mir kommt da nichts. Ist der denn bei den Großhändlern gelistet?“
„Soweit ich weiß, ja.“
„Also: neun, sieben, acht, drei, vier, vier, acht, vier, eins, vier, sieben, zwei, drei.“
„Zweiundzwanzig.“
„Wie bitte?“
„Zweiundzwanzig am Ende.“
„Ach so, ich dachte schon, ich hätte da 'nen Zahlendreher drin. *(Tippt) Derangiert*, ja?“
„Ja.“
„O Gott, das ist ja ein furchtbares Cover! Was ist denn da vorne drauf, ein Taucher?“
„Nein, ein Astronaut.“
„Ein Astronaut? Ist das ein Science-Fiction-Roman?“
„Nein.“
(Kurze Pause)
„Also, ich weiß nicht, ob ich das unbedingt haben muss. Das Cover sieht so schrecklich aus, das ist verkaufshemmend, wissen Sie das? Das sollten Sie Ihrem Verlag mal sagen.“

„Das Cover ist von mir."
„Na, was hat Sie denn da bloß geritten?"
„Nichts."
„Also gut, ich hab's jetzt zur Kenntnis genommen und hab jetzt auch Kundschaft ... also viel Glück Ihnen und ade."
„Ade."

(Duisburg:)
„Buchholz, guten Tag, ich wollte Sie nur kurz auf meinen Roman aufmerksam machen."
„Was? Wer bist du?"
„Buchholz."
„Bulloz?"
„B u c h h o l z ! "
„Buholl?"
„Ja, ich wollte Sie kurz auf meinen Roman aufmerksam machen."
„Du willst Roman kaufen?"
„Nein, ich wollte Sie auf *meinen* Roman aufmerksam machen."
„Wie aufmerksam? Du hast Buch?"
„Ja, der Roman heißt ..."
„Ist türkisches Buch?"
„Weniger."
„Wir haben nur türkische Bücher und bisschen Musik."
„Ach so."
„Brauchst du was?"
„Bitte?"
„Brauchst du nichts?"
„Danke, momentan nicht."

„Komm vorbei! Wir haben große Auswahl."
„Danke, wenn sich's mal einrichten lässt."
„Okay, komm vorbei, wir haben immer auf, von zehn bis zehn, jeden Tag, auch Feiertag. Kein Problem."
„Gut zu wissen. Also dann, einen schönen Tag noch."
„Ja, aber komm vorbei."
„Ja, bis später."
„Okay, dann ciao."
„Wiederhören."

(München:)
„Buchholz, guten Tag, ich wollte Sie kurz auf meinen Roman aufmerksam machen."
„Wie war Ihr Name?"
„Buchholz!"
„Hallo, Herr Holz, was kann ich für Sie tun?"
„Ja, hallo, ich wollte Sie nur kurz auf meinen Roman *Derangiert* aufmerksam machen."
„Ist das ein Schwulenroman?"
„Für manche vielleicht schon."
„Ich meine, behandelt er homosexuelle Themen?"
„Was sind denn homosexuelle Themen?"
„Also nicht?"
„Der behandelt viele Themen, ob die jetzt mehr oder weniger homosexuell motiviert sind, kann ich nicht sagen."
„Mein Gott, sind die Protagonisten Schwuchteln?"
„Nein, jedenfalls nicht im sexuellen Sinn, das heißt, bei einigen meiner Protagonisten wurde die sexuelle Stoßrichtung nicht thematisiert."
„Dann fürchte ich, werden wir nicht zusammenkommen."
„Wirklich nicht?"

„Nein."
„Haben Sie ausschließlich Bücher mit schwulen Akteuren und – wie Sie sagen – homosexuellen Themen?"
„Ja, in unserem Sortiment schon."
„Entschuldigen Sie die etwas indiskrete Frage, aber: Ist das nicht ein bisschen einseitig?"
„Mag sein, ist nun mal so."
„Okay, alles klar."
„Aber ich wünsche Ihnen trotzdem einen angenehmen Tag."
„Ja, ich Ihnen auch, auf Wiederhören."
„Ade."

(Dortmund:)
„Buchholz, guten Tag, ich wollte Sie nur kurz auf meinen Roman aufmerksam machen."
„Aha. Wie heißt der denn?"
„*Derangiert.*"
„Wie?"
„*D e r a n g i e r t !*"
„Aha, warten Sie, ich geb den Titel mal eben in den Computer ein ... *B e n e d i k t B u c h h o l z – D e r a n g i e r t ?*"
„Ja, das könnte es sein."
„Aha, aber ich weiß gar nicht, was ich ... ich bin ja eigentlich nur die Praktikantin ..."
„Was heißt *nur*?"
(Lacht schüchtern) „Ich geb Ihnen mal die Chefin, ja?"
„Gern."
„Einen Moment bitte."
(Legt den Hörer ab. Kurzes Geflüster. Wortfetzen wie: Telefon, Autor, komisches Buch, mit Astronaut)

„Matussek."
„Ja, Buchholz, guten Tag, ich wollte Sie nur kurz auf meinen Roman aufmerksam machen."
„So, so. Wie heißt denn Ihr Roman?"
„*Derangiert.*"
„*Derangiert?*"
„Ja."
„Und da rufen Sie jetzt alle Buchhändler in ganz Deutschland an, oder wie muss ich mir das vorstellen?" *(Lacht)*
„Ja, genau so."
(Lacht) „Woher kommen Sie denn, wenn ich fragen darf, Sie klingen so norddeutsch?"
„Aus Bremen."
„Aus Bremen! Und da rufen Sie hier im Ruhrgebiet an?"
„Ja."
„In Bremen lebt meine Schwester. Ist 'ne schöne Stadt."
„Ja, mag sein."
„Finden Sie nicht? Sie wohnen doch da, dann müssen Sie's doch mögen?"
„Warum muss man 'ne Stadt mögen, nur weil man da wohnt?"
„Na, Sie sind mir vielleicht einer. Spielt Ihr Roman denn wenigstens in Bremen?"
„Nein."
„Und wo spielt der dann?"
„Nirgends."
„Wie nirgends?"
„Der ist ortsungebunden, kann überall spielen, auch in Bremen."
„Aber das tut er nicht?"

„Nein."
„Aus Bremen kommen doch recht erfolgreiche Autoren."
„Kann sein, ich bin nicht erfolgreich."
„Das kann ja noch kommen." *(Lacht)*
„Bestimmt."
„Na, geben Sie mir mal die ISBN."
„Neun, sieben, acht, drei, vier, vier, acht, vier, eins, vier, sieben, zwei, zwei."
„So, dann wollen wir mal sehen, was wir da Schönes haben … huch, was ist das denn?"
„Ein Astronaut, der eine Straße langgeht."
„Das sehe ich … oh, hier ist ja sogar ein kurzer Text. *(Nuschelt den Klappentext vor sich hin)* Was sind denn Spätjugendliche?"
„Leute zwischen sechzehn und sechsundsechzig."
(Lacht) „Na, dann pass ich da ja gerade noch rein … nun gut, und was möchten Sie jetzt von mir?"
„Na ja, es wäre wohl geheuchelt, wenn ich nicht wollen würde, dass Sie das Buch vielleicht ein- oder zweimal bestellen."
„So, so, nun ja, aber auch von mir wäre es geheuchelt, wenn ich Ihnen das versprechen würde. Ich glaube, Ihr Buch ist nichts für unsere Kundschaft hier. Bei uns gehen eher die leichten Liebesromane mit diesem Vampir-Touch, oder Politikerautobiografien, oder Glückssuche-Ratgeber und experimentelle Kochbücher, tut mir sehr leid."
„Tja, da kann man nichts machen."
„Ich fürchte, nein … aber wir können ja vielleicht mal eine Lesung machen, wenn Sie einen richtigen Namen haben."

„Ich habe einen richtigen Namen."
„Sie wissen, was ich meine … also, ich wünsche Ihnen trotzdem viel Glück mit Ihrem Astronautenbuch und gutes Durchhaltevermögen." *(Lacht)*
„Ja, vielen Dank, auf Wiederhören."
„Wiederhören."

(Berlin:)
„Buchholz, guten Tag, ich wollte Sie kurz auf meinen Roman aufmerksam machen."
„Wer sind Sie?"
„Buchholz."
„Kennen wir uns?"
„Glaub nicht, aber ich wollte Sie auch nur kurz auf meinen Roman *Derangiert* aufmerksam machen."
„Warum?"
„Gute Frage."
„Wie bitte?"
„Äh, dürfte ich Ihnen die ISBN durchgeben? Dann können Sie sich den bei Ihrem Großhändler mal anschauen."
„Großhändler?"
„Ja, Sie haben doch einen Großhändler?"
„Großhändler? Meinen Sie den Gemüsegroßhändler?"
„Bitte?"
„Ich verstehe nicht."
„Also, spreche ich da überhaupt mit einer Buchhandlung?"
„O nein! Hier ist ein Privathaushalt! Woher haben Sie denn unsere Nummer überhaupt?"
„Aus dem Branchenverzeichnis der Gelben Seiten, unter Buchhandlungen."

„Nein, nein, nein, das ist falsch, mein Mann war *Buchprüfer*! Und der ist jetzt schon seit fast zehn Jahren in Rente. Bitte streichen Sie die Nummer aus Ihrer Liste."
„Ich habe keine Liste. Ihre Nummer stand in den Gelben Seiten."
„Nein, nein, nein, das steht da falsch in den Seiten, hier ist keine Bücherei!"
„Ja, schon gut, ich hab verstanden, also einen schönen Tag noch."
„Hier ist keine Bücherei! Mein Mann war *Buchprüfer*!"
„Ja, ja, auf Wiederhören."
„Keine Bücherei!"

(Bei Lübeck:)
„Buchholz, guten Tag, ich wollte Sie kurz auf meinen Roman aufmerksam machen."
„Da rufen Sie ja schon wieder an, das kann doch wohl nicht angehn! Ich hatte Ihnen letztens schon mal gesagt, dass ich telefonisch grundsätzlich keine Informationen entgegennehme und nicht belästigt werden möchte. Wenn Sie mich noch einmal anrufen, werde ich Sie anzeigen, da können Sie sich drauf verlassen!"
„Wiederhören."

(Emden:)
„Buchholz, guten Tag …"
„Moin."
„Moin! Ich wollte Sie nur kurz auf meinen Roman aufmerksam machen."
„Was wollen Sie? Ich hab nicht ganz verstanden."
„Ich wollte Sie auf meinen Roman *Derangiert* aufmerksam machen."

„Aha, Sie haben also einen Roman geschrieben?“
„Ja.“
„Das ist ja schön für Sie.“ *(Lacht)*
„Ja.“
„Und wie heißt Ihr Roman?“
„*Derangiert.*“
„*Derangiert*, aha. Wissen Sie, das ist das erste Mal, dass mich ein Autor persönlich anruft, und ich hab den Laden hier schon seit fünfundzwanzig Jahren.“
„Irgendwann ist immer das erste Mal.“
„Ja. *(Lacht)* Ich ruf's mal eben bei meinem Großhändler auf. *(Tippt)* O ja, da kommt was … das ist ja 'n lustiges Cover. Ein *derangierter* Marsmensch.“
„Astronaut.“
„Aha, warten Sie, ich lese mal kurz den Klappentext.“
„Ich hab Zeit.“
(Lacht) „Aha, eine *Odyssee eines namenlosen Helden*, hat der arme Protagonist nicht mal einen Namen bekommen?“
„Nein.“
(Lacht) „Was passiert denn bei den *polnischen Kettensägenmassakern*?“
„Da kommen Kettensägen zum Einsatz.“
(Lacht) „Aha, dann ist das aber kein Jugendbuch?“
„Nicht unbedingt, aber ich möchte auch niemanden bevormunden. Wenn sich ein Zehnjähriger dafür interessiert, dann soll er's ruhig lesen.“
„Mein Sohn ist achtunddreißig, wäre Ihr Buch auch was für ihn?“
„Ist er ausgeglichen und glücklich verheiratet?“
„Nein.“ *(Lacht)*
„Dann vielleicht … was macht Ihr Sohn denn so?“

„Nichts! Der hat seine Frau und seinen sicheren Job verloren, und das Einzige, was er jetzt noch konsequent macht, ist essen und vorm Computer hocken! Und dann wundert er sich, dass es mit den Frauen nichts mehr wird. Der ist ja mittlerweile aufgegangen wie ein Hefezopf, *(lacht)* will aber immer noch die hübschen schlanken Dinger haben. Ich hab ihm schon öfters gesagt, nimm dir doch 'ne Dicke, die würde jetzt auch zu dir passen, aber nein, so 'ne Pummelige kommt für meinen lieben Herrn Sohn ja nicht in Frage. Also futtert er mir regelmäßig den Kühlschrank leer und hält sich nur noch mit Sarkasmus über Wasser."
„So, so."
„Ja, bei Mutti ist es eben doch am besten. *(Lacht)* Gut, dass das sein Vater nicht mehr miterleben muss."
„Ja."
„Und, Herr Buchholz, sind Sie mit jemandem liiert?"
„Getrennt."
„Getrennt! Na sehen Sie, wie mein Sohn, dabei waren die beiden mal so glücklich zusammen. Die Miriam war so ein liebes Mädchen. Aber der Junge hat's einfach kaputtgehen lassen. Kümmere dich um das Mädchen, vernachlässige sie nicht ständig, hab ich ihm immer wieder gesagt, nimm nicht alles für selbstverständlich. Und was ist jetzt? Jetzt steht er da, der Herr Junggeselle, und isst seiner Mutter die Haare vom Kopf … aber ich plappere und plappere hier und Sie …"
„Schon gut, kein Problem."
„Wissen Sie was, ich bestell jetzt einfach mal Ihr Buch, und geb's ihm dann zum Lesen, mal sehen, was er sagt."

„Vielleicht keine schlechte Idee."
„Nech. *(Lacht)* Also, ich wünsche Ihnen noch einen wunderschönen Tag und Ihnen und Ihrem Roman viel Glück."
„Vielen Dank, Ihnen auch. Wiederhören."
„Tschüssi." *(Lacht)*

Sieben Monate und etwa siebentausend Gespräche später geht mein Roman in die zweite Auflage. Ein überraschender Erfolg, wie mein Verleger bemerkt, den er sich gar nicht so recht erklären kann. Also, auf ein Neues.
„Buchholz, guten Tag, ich wollte Sie nur kurz auf die *zweite Auflage* meines Romans aufmerksam machen ..."

2
Über sieben Brücken musst du gehen II

(Wattenscheid:)
„Buchholz, guten Tag."
„Guten Tag."
„Ich wollte nur kurz fragen – machen Sie Lesungen?"
„Äh, ja, aber selten."
„Aha, und was heißt selten?"
„Wie war Ihr Name?"
„Buchholz."
„Sind Sie ein Schriftsteller?"
„Dafür reicht's noch nicht."
„Wie bitte?"
„So weit würde ich nicht gehen."
„Was?"
„Ja, bin ich."
„Sind Sie denn bekannt, Herr Holz?"
„Nö."
„Bitte?"
„Nein, nicht übermäßig."
„Ach so."
„Sie sagten eben selten."
„Was selten?"
„Sie sagten, Sie machen selten Lesungen."
„Ach so, ja, vielleicht einmal im Jahr, wenn's hochkommt ... da kommt ja kaum einer. Vor 'n paar Jah-

ren haben wir noch öfters Lesungen gemacht, aber da kamen auch nicht gerade viele, manchmal nur so drei oder vier, das war dann immer sehr deprimierend, vor allem für den Vorleser."

„Verstehe."

„Und wir können auch kaum Geld bezahlen."

„Ich bin billig."

„Billig!?" *(Lacht)*

„Ich meine preiswert."

„Aha, na ja, aber dieses Jahr haben wir überhaupt keine Mittel bewilligt bekommen ... das wird immer schlimmer, und jetzt hat die Krise voll durchgeschlagen. Ich bin mir auch gar nicht sicher, ob wir nächstes Jahr wieder Gelder kriegen."

„Verstehe, ärgerlich."

„Wem sagen Sie das – aber Sie können ja einfach mal so rumkommen und mir was vorlesen, Sie klingen so sympathisch." *(Lacht kokett)*

„Ich werd's versuchen."

(Lacht) „Das war doch nur Spaß."

„Ach so."

„Na ja, ich wünsche Ihnen jedenfalls viel Erfolg woanders."

„Ja, vielen Dank. Auf Wiederhören."

„Tschüss."

(Jever:)

„Guten Tag."

„Moin."

„Ja, Moin. Ich wollte nur kurz fragen, machen Sie Lesungen?"

„Lesungen?"

„Ja."

„Wieso? Möchten Sie bei uns lesen?“
„Ja, eigentlich schon.“
„Aha.“
„Wer sind Sie denn?“
„Mein Name ist Buchholz.“
„Sollte man Sie kennen?“
„Nicht unbedingt.“
„Also, ich bin für die Leseveranstaltungen gar nicht zuständig.“
„Aha.“
„Ja, warten Sie mal bitte kurz, ich verbinde Sie mit Herrn Dr. Markus.“
(Digitaler Mozart dröhnt aus dem Hörer)
„Hallo!“
„Ach so, nein, ich bin's noch mal, da hat wohl was nicht geklappt. Der ist grad nicht in seinem Büro. Ich versuche Sie noch mal woandershin durchzustellen … Wiederhören.“
„Wiederhö…“
(Mozart piept)
„Ja, Markus!“
(Stimmengewirr im Hintergrund)
„Buchholz, guten Tag, ich wollte nur kurz fragen, machen Sie Lesungen?“
„Bitte, was?! Wer ist dran?!“
„Buchholz, guten Tag, machen Sie Lesungen?!“
„Herr Lesum?!“
„Nein, nein, mein Name ist Buchholz! Ich wollte Sie nur kurz fragen, ob Sie auch Lesungen veranstalten?“
„Hören Sie, Herr Lesum, ich bin hier grad in der Ausleihe und kann Sie leider nur ganz schlecht verstehen? Sie müssen lauter sprechen!“

„Lesungen!!! Machen Sie Lesungen?!!!“

(Plötzlich einsetzendes Kindergebrüll hebt sich vom allgemeinen Stimmengewirr ab)

„Hallo! Hallo! Könnten Sie da bitte mal auf Ihr Kind aufpassen! Entschuldigen Sie, Herr Lesum, aber hier ist ein autistisches Kind … ja, nehmen Sie den Jungen doch mal bitte von dem Monitor da weg!“

(Das Kindergebrüll nimmt zu und überschallt das Stimmengewirr. Es folgt ein Knall)

„Ja großartig, jetzt ist es passiert! Das müssen Sie jetzt bezahlen, das ist Ihnen hoffentlich klar.“

(Das Kindergebrüll verwandelt sich in eine Art Jaulen. Eine nicht zu verstehende Frauenstimme zetert im Hintergrund)

„Das ist aber nicht mein Problem! Wenn Sie auf Ihr Kind nicht aufpassen können, dann werden Sie für den Schaden eben aufkommen müssen.“

(Der Hintergrundlärm verringert sich. Man hört monotones Kindergewimmer)

„Ich muss mich für das Chaos entschuldigen, aber das dumme Kind hat gerade den Monitor runtergeworfen. Ich hab der Mutter vorhin schon gesagt, dass Sie auf ihren Jungen aufpassen soll.“

„Ja, verstehe.“

„Also, was kann ich für Sie tun?“

„Ja, ich wollte nur wissen, ob …“

(Plötzliches Gekreische und Tumult)

„Jetzt haut die einfach ab, das kann doch nicht wahr sein! Hallo! Bleiben Sie hier! Hallllooo!!! Hierbleiben! Sie müssen das …“

(Klack. Aufgelegt)

(Bochum:)
„Guten Tag."
„Hallo."
„Ja, hallo, ich wollte nur kurz fragen, machen Sie Lesungen?"
„Was Lesungen?"
„Ich meine, kann ich bei Ihnen lesen?"
„Ach so, ja, das können Sie."
„Toll, wann haben Sie denn Termine frei?"
„Termine frei, wie Sie sich ausdrücken. Also, wir haben offen: montags, dienstags und donnerstags von zehn bis achtzehn Uhr, und mittwochs von zwölf bis …"
„Nein, ich meinte wegen der Lesungen?"
„Ja."
„Die machen Sie doch sicher nicht während der Öffnungszeiten?"
„Doch natürlich."
„Während der Öffnungszeiten?!"
„Ja, wann denn sonst?"
„Äh, ich glaube, Sie missverstehen mich, ich möchte bei Ihnen eine Lesung machen."
„Eine Lesung?"
„Ja."
„Ach so! Da hab ich Sie ja völlig missverstanden, ich dachte, Sie wollten fragen, ob Sie in unseren Büchern lesen dürfen, die Frage fand ich ja schon etwas seltsam."
„Schön, dass wir das geklärt haben. Also?"
„Was also?"
„Machen Sie denn nun Lesungen?"
„Ach so, nein, nein, wir machen keine Lesungen, haben wir noch nie gemacht."
„Verstehe."

„Nein, nein, da würde auch keiner kommen, so was interessiert die Leute hier nicht. Die gehen lieber kegeln oder in die Kneipe."
„Ist ja vielleicht auch lustiger."
„Ja, ja – also, Sie sind Schriftsteller … kenn ich Sie denn?"
„Möglich."
„Wie heißen Sie denn?"
„Günter Grass."
„Oh, Herr Grass! – Nein, also das tut mir leid, aber da würde wirklich keiner zu Ihnen kommen, wenn Sie hier lesen."
„Macht nichts. Ich wünsche Ihnen noch einen schönen Tag."
„Ja, danke, Herr Grass, und Ihnen auch viel Erfolg weiterhin."
„Vielen Dank, auf Wiederhören."
„Auf Wiederhören, Herr Grass."

(Paderborn:)
„Buchholz, guten Tag."
„Wer spricht?"
„Buchholz, guten Tag!"
„Ja, guten Tag. Was kann ich für Sie tun?"
„Ich wollte nur kurz fragen, veranstalten Sie Lesungen?"
„O ja, warten Sie mal bitte kurz. *(Nach etwa vier Minuten:)* So, da bin ich wieder, entschuldigen Sie, dass Sie so lange warten mussten."
„Kein Problem. Ich hab Zeit."
(Lacht) „Ich musste nur eben unser Programm finden … also, am nächsten Dienstag haben wir den Kapitän-Blaubär-Club, am Freitag Puppentheater und am …"
„Äh, entschuldigen Sie."

„Ja."
„Ich meinte Lesungen für Erwachsene."
„Ach so! Nee, das machen wir gar nicht. Wir haben hier ja auch nur Kinder- und Schulbücher."
„Ach so."
„Ja, aber in der Mediothek werden bei uns öfters Lesungen gehalten."
„Mediothek?"
„Ja, die ist gleich nebenan beim Rathaus. Die Veranstaltungen dort organisiert Frau Schneidegger."
„Aha."
„Ja, und die Frau Schneidegger, die macht auch Lesungen für Erwachsene."
„Aha."
„Soll ich Ihnen da mal die Nummer von der Frau Schneidegger geben?"
„Ja, das wäre sehr freundlich."
„Einen Moment bitte. *(Nach etwa drei Minuten:)* Hallo, sind Sie noch dran?"
„Ja, bin ich."
„Also, ich kann die Nummer von der Frau Schneidegger leider im Moment nicht finden ... warten Sie, ich verbinde Sie mal eben ins Büro zu Frau Gefken, die müsste die Nummer eigentlich haben ... wissen Sie, wir machen das hier ja alle nur ehrenamtlich." *(Lacht)*
„Ja, das ist ja auch schön."
(Lacht) „Ja, ja, also, einen Moment dann bitte, ich verbinde."
(Bitte legen Sie nicht auf – Ihre Verbindung wird gehalten ... Bitte legen Sie nicht auf – Ihre Verbindung wird gehalten ... Bitte legen Sie nicht auf ...)
„Holstein."

„Ja, Buchholz, guten Tag, ist Frau Gefken zu sprechen?“
„Ja, schon, wer spricht denn da?“
„Mein Name ist Buchholz.“
„Aha, und was möchten Sie von Frau Gefken?“
„Äh, eigentlich nicht viel, man sagte mir, sie habe die Nummer von Frau Schneidegger.“
„Frau wer?“
„Schneidegger!“
„Kenne ich nicht.“
„Das macht ja nichts, man hat mir aber eben gesagt, Frau Gefken würde Frau Schneidegger kennen.“
„Wer hat Ihnen das gesagt?“
„Keine Ahnung, jemand, mit dem ich gerade eben gesprochen habe.“
„Vielleicht Frau Obieglo?“
„Kann sein, ich weiß es nicht, ich hab mir den Namen nicht gemerkt.“
„Frau Obieglo versieht sich gerne mal.“
„Das mag sein, hören Sie, das ist doch auch egal. Ist denn Frau Gefken zu sprechen oder nicht?“
„Ja, natürlich. Die ist nur gerade mal kurz raus.“
„So.“
„Ja, wenn Sie einen kleinen Moment warten würden, sie kommt sicher gleich wieder.“
„Natürlich, ich warte.“
(Nach einigen Minuten:) „Gefken.“
„Ja, Buchholz, guten Tag.“
„Guten Tag.“
„Man hat mir gesagt, Sie hätten die Nummer von Frau Schneidegger.“
„Wer hat Ihnen das gesagt? Und um was geht es denn überhaupt?“

„Ja, also ich bin Autor und wollte gerne bei Ihnen lesen, man hat mir aber gesagt, eine gewisse Frau Schneidegger würde die Lesungen organisieren."
„Ja, das stimmt, aber was hat das denn mit mir zu tun? Ich bin nämlich hauptsächlich mit der Schulausleihe beschäftigt, und außerdem mache ich das hier ja auch nur ehrenamtlich."
„Verstehe, ich bräuchte ja auch eigentlich nur die Telefonnummer von Frau Schneidegger."
„Wer hat Ihnen denn gesagt, dass ich die Nummer habe?"
„Eine Frau Obieglo, glaub ich."
„Frau Obieglo? Also, die hat ja vielleicht Nerven … natürlich hab ich die Nummer – aber ich weiß ja gar nicht, ob ich die so einfach rausgeben darf. Das ist ja Frau Schneideggers Privatnummer … was sagten Sie, sind Sie, ein Regisseur?"
„Nein, Autor."
„Aha, ein Autor. Also warten Sie mal bitte einen Moment …"
(Bitte legen Sie nicht auf – Ihre Verbindung wird gehalten …)
(Zwei Minuten später:) „Also, ich habe mal eben mit Frau Obieglo gesprochen, die hat mir gesagt, dass sie eben mit einem Herrn gesprochen habe, der eine Lesung machen möchte, das sind dann wohl Sie, nehme ich an?"
„Das ist korrekt."
„Ja, also wir haben uns jetzt entschieden, Ihnen Frau Schneideggers Privatnummer zu geben, die ist nämlich für sämtliche Veranstaltungen zuständig, wissen Sie?"
„Ja, ich habe so etwas läuten gehört."
„Bitte?"

„Ja, verstehe."
„Ja, aber, wie gesagt, die Frau Schneidegger macht das eben auch nur ehrenamtlich. Hier im Haus ist die vielleicht nur einmal die Woche."
„Aha."
„Haben Sie etwas zu schreiben?"
„Ja, bin bereit."
„Also … wo hab ich denn jetzt die Nummer? … Die war doch sonst immer hier im Ordner … Ulrike!? Haben wir noch einen anderen Ordner mit Nummern, ich finde die von Frau Schneidegger nicht?!"
(Aus dem Hintergrund:) „Von wem!?"
„Gudrun Schneidegger!"
„Kenn' ich nicht! Aber die Nummern müssten da eigentlich alle drinstehen!"
„Also, hier steht nichts!"
„Vielleicht in der alten Kartei, da stehen auch noch einige Nummern drin!"
„Ach so, hallo, sind Sie noch dran?"
„Ununterbrochen."
„Also, ich hab hier … nein … also, einen Moment noch mal bitte, ja. Ich muss …"
(Bitte legen Sie nicht auf – Ihre Verbindung wird gehalten …)
„Obieglo."
„Äh … ja, ich habe vorhin schon mal mit Ihnen ge…"
„O ja, warten Sie, Sie sollten jetzt gar nicht zu mir durchgeschaltet werden, ich verbinde Sie wieder zurü…"
(Bitte legen Sie nicht auf – Ihre Verbindung wird gehalten …)
„Obieglo!"
„Ja, ich bin's wieder."

„Oh, was hab ich denn jetzt gemacht? *(Lacht)* Na ja, Sie wissen ja, Frauen und Technik! *(Lacht)* Einen Moment, jetzt müsste es aber eigent…"

(Bitte legen Sie nicht auf – Ihre Verbindung wird gehalten …)

„Hallo!"

„Ja!"

„Ah, da sind Sie ja wieder, ich hatte Sie eben versehentlich nach unten verbunden."

„Ja!"

„Ich hab jetzt die Nummer gefunden."

„Welch glückliche Wendung."

„Ja, die war doch in der alten Liste und noch gar nicht im Ordner abgelegt."

„Aha, schön."

„Haben Sie was zu schreiben?"

„Ja, zufällig."

„Also, hören Sie?"

„Ja!"

„Vorwahl für Paderborn: null, fünf, zwei, fünf, eins … und dann … zwei … zwei … vier … drei … o nein, das ist ja blöd, dass das mit Kugelschreiber geschrieben wurde … warten Sie … ist das doch 'ne Acht? … Also, noch mal: null, fünf, zwei, fünf, eins … und dann … zwei … zwei … vier … *acht* … sieben, und dann die Neun. Haben Sie das?"

„Null, fünf, zwei, fünf, eins, zwei, zwei, vier, acht, sieben, neun."

„Äh, das war jetzt ein bisschen zu schnell. Könnten Sie noch mal etwas langsamer wiederholen?"

„Null … fünf … zwei … fünf … eins … zwei … zwei … vier … acht … sieben … neun!"

„Ja, genau."
„Ich bedanke mich."
„Ja, also, tut mir leid, dass es etwas gedauert hat, aber wie gesagt, wir machen das hier alle ja nur ehrenamtlich."
„Kein Problem."
„Also dann, auf Wiederhören."
„Wiederhören."

Ich lege auf, atme einmal tief durch und wähle die Nummer.
„Die von Ihnen gewählte Nummer ist leider nicht verfügbar! Bitte rufen Sie die Auskunft an!"

(Freiburg:)
„Guten Tag."
„Grüß Gott."
„Grüß Gott, mein Name ist Buchholz, ich bin Autor und ich würde gerne bei Ihnen lesen."
„Aha. Ich reiche Sie mal eben weiter, ja?"
„Gern."
„Peter Gros, grüß Gott."
„Ja, Buchholz, grüß Gott, ich bin Autor und ich würde sehr gerne bei Ihnen lesen."
„Aha. Was schreiben Sie denn? Romane oder Sachbücher?"
„Bis jetzt habe ich einen Roman geschrieben."
„Keine Sachbücher?"
„Nein."
„Und wie alt sind Sie, wenn ich mal so dreist fragen darf?"
„Siebenunddreißig."

„Na, da waren Sie ja literarisch bis jetzt nicht gerade sehr fleißig."
„Kann sein. Ich brauchte wohl meine Zeit."
„Wann ist Ihr *Roman* denn erschienen?"
„Letztes Jahr im September."
„Um Gottes willen, dann ist Ihr Buch ja schon steinalt!"
„Es gibt kein neu oder alt, es gibt nur gut oder schlecht."
„Und? Ist Ihr Buch denn *gut*?"
„Ich weiß es nicht. Jetzt würde ich es wahrscheinlich anders machen."
„Anders machen?"
„Na ja, wieder unter einem anderen Blickwinkel."
„Dann schreiben Sie doch einfach ein neues." *(Lacht selbstgefällig)*
„Mit dem *einfach* tu ich mich etwas schwer."
„Na gut, also Herr … wie war Ihr Name noch mal?"
„Buchholz."
„B u c h h o l z? Aha, also Ihr Name ist mir kein Begriff, das ist schon mal nicht sehr vorteilhaft … und Sie möchten bei uns lesen?"
„Ich spiele mit dem Gedanken."
„Nun, Herr Buchholz, ich denke, das könnte schwierig werden. Zunächst einmal machen wir unsere Lesungen nicht hier in der Bibliothek, sondern im Rathaussaal, und zwar mit Autoren, die nun durchaus einen Namen haben."
„Verstehe."
„Ja, also, um Ihnen ein paar bekannte Beispiele zu nennen: Hochhuth, Walser, oder den Raddatz."
„Verstehe."
„Ja, wobei ich Ihnen aber auch sagen muss, dass man da manchmal schon sein Kreuz zu tragen hat mit die-

sen Herrschaften – also, der Walser zum Beispiel, das hat mir letztes Jahr gar nicht gefallen, was der sich geleistet hat. Zuerst kam der feine Herr zu spät, und dann hat er sein Programm einfach so runtergerattert, und danach auch nur widerwillig Fragen aus dem Publikum beantwortet – ach ja, und können Sie sich vorstellen, was der sich noch geleistet hat?"

„Jemanden verprügelt?"

„Bitte?"

„Nichts, war nur 'n Scherz."

„Nein, vor seiner Lesung hat der feine Herr ganz lüstern zu der jungen Garderobiere gesagt: Na, da freue ich mich ja jetzt schon, meinen Mantel wieder abzuholen … und sie dabei so anzüglich angestiert."

„Ist doch okay der Spruch."

„Bitte?"

„Nichts."

„Also, so ein alter Lustmolch! Kokettiert da mit seinem Prominentenbonus und belästigt zwanzigjährige Dinger."

„Ja, widerlich."

„Ja wirklich, aber ich schweife ab … nun, Herr Buchholz, Sie verstehen jetzt aber sicher, dass ich mit Ihnen keine Lesung machen werde, selbst wenn ich es wollte. Außerdem haben wir zusätzlich die Vorgabe von der Stadt, dass bei Veranstaltungen der Saal zu füllen sei. Und da können Sie sich bei den eben genannten Herrschaften sicher sein, dass dies der Fall ist."

„Wenn Sie's sagen."

„Nur mal so aus Neugier: Wie hoch sind denn Ihre Honorarforderungen überhaupt?"

„So um die fünfundsiebzig Euro."

„Fünfundsiebzig Euro!? Mein lieber Herr Buchholz, Sie sollten sich aber nicht unter Wert verkaufen."
„Na ja, wenn ich mich meinem *Wert* entsprechend verkaufe, nimmt mich keiner. Außerdem haben viele Gemeinden nur begrenzte Mittel, oder überhaupt keine."
„Tja, darüber können wir uns nicht beklagen."
„Schön für Sie."
„Nun gut. Da bleibt mir jetzt auch nichts weiter übrig, als Ihnen alles Gute zu wünschen ... falls Sie's irgendwann in die Spiegel-Bestsellerliste geschafft haben, können Sie sich ja noch mal melden, obwohl ich Ihnen auch dann nichts versprechen kann."
„Ja ja, hab schon verstanden ... grüßen Sie Herrn Walser von mir."
„Bitte?"
„Nichts. Danke. Servus."

(Ludwigsburg:)
„Buchholz, guten Tag."
„Grüß Gott."
„Ja, grüß Gott, ich wollte nur mal fragen, veranstalten Sie Lesungen?"
„Lesungen?"
„Lesungen."
„Ja, das machen wir durchaus gelegentlich."
„Aha, also ich würde gerne bei Ihnen lesen."
„Ach, Sie möchten lesen?"
„Ja."
„Nein, dieses Jahr haben wir unseren Termin schon vergeben."
„Ah, schade."

„Ja, ich bin da auch nicht besonders glücklich mit, das kann ich Ihnen sagen."
„Wieso?"
„Na ja, im Oktober kommt der Heiner Geißler zu uns ins Gemeindezentrum … und wissen Sie, was der an Gage nimmt?"
„Nein."
„Eintausend Euro für eine Dreiviertelstunde!"
„Nicht schlecht."
„Ja!"
„Da liege ich etwas drunter."
„Ach, nehmen Sie auch so viel?"
„Nein, schon ein bisschen weniger."
„Aber die Damen vom Förderverein wollten den Herrn Geißler ja unbedingt haben: Ach, der Herr Geißler soll kommen, ach, der Herr Geißler hier und der Herr Geißler da, ach, der Herr Geißler ist ja so großartig … Ich kann das gar nicht verstehen … *so* toll ist der doch gar nicht. Und bei Stuttgart 21 war der ja auch keine große Bereicherung, das Ding wird doch sowieso gebaut … und Sie schreiben auch Sachbücher?"
„Weniger, ein Roman."
„Ach so, na das würde hier ohnehin nichts werden, die Leute hier wollen lieber was Aufklärerisches."
„Lessing?"
„Was? Nein, ich meine so was wie diesen sympathischen Philosophen Richard David Precht, den hatten wir im Frühling hier, also, da war's dann auch richtig voll … ja, der Precht, der kann das so schön zwischen den Geschlechtern erklären … den finde ich ganz toll, der macht das wenigstens schön anschaulich und verständlich."

„Ja ja."
„Einmal hatten wir auch den Hardy Krüger hier, da sind auch eine ganze Menge gekommen, aber der Herr Krüger war unzufrieden, dass so wenig Leute da waren, und keiner durfte während der Lesung zur Toilette, das brächte ihn aus dem Konzept … na ja, man kann's nicht allen recht machen."
„Ja ja."
„Na, aber das tut mir ja nun leid, dass ich Ihnen da nichts Positiveres sagen kann."
„Kann man nichts machen."
„Ja, aber wenn Sie mal richtig bekannt sind, und auch ein schönes Sachbuch geschrieben haben, dann können Sie sich hier ja gerne noch mal melden."
„Es wird das Erste sein, was ich tue."
„Schön, also dann, auf Wiederhören."
„Wiederhören."

(Potsdam:)
„Buchholz, guten Tag."
„Guten Tag."
„Ich wollte nur kurz fragen, ob Sie Lesungen machen."
„Sie wollten nur kurz wissen, ob wir Lesungen machen … Jaaa, machen wir."
„Schön, dann würde ich gerne bei Ihnen lesen."
„Möchten Sie?" *(Lacht)*
„Ja."
„Was haben Sie denn vorzulesen? Einen Roman?"
„Ja."
„So, so. Was kosten Sie denn, wenn ich mal so direkt fragen darf?"
„Sie dürfen. Fünfundsiebzig Euro."

„Fünfundsiebzig Euro! Oha, davon können Sie aber richtig gut leben, oder?“ *(Lacht)*
„In Saus und Braus.“
(Lacht) „Aha, bekannt sind Sie aber nicht?“
„Um Gottes willen.“
(Lacht) „Muss man auch nicht. Bekannt sein kann ja jeder. Also gut, um's kurz zu machen, Sie klingen sehr sympathisch, und so was ist mir immer lieber als unsympathische bekannte Autoren, von denen die meisten ohnehin schon 'nen Spleen weggekriegt haben.“
„Aha.“
„Ja, wobei es da aber auch unkomplizierte Ausnahmen gibt. Die Heidenreich, zum Beispiel, war letzten Sommer bei uns, und wir hatten ihr angeboten, sie aus Berlin mit 'nem Taxi abzuholen. Sie meinte nur, bloß keine Umstände, sie komme mit der S-Bahn – oder kennen Sie den Palü, diesen Tatort-Kommissar?“
„Ich habe als Kind nur Schimanski-Tatorte geschaut.“
„Na egal, wissen Sie, wie der gekommen ist?“
„Mit der Straßenbahn?“
(Lacht) „Nein! Mit 'nem alten Fahrrad. Ist einfach die Bundesstraße langgeradelt. Als er ankam, hat er schnell sein Hemd gewechselt, dann die Lesung absolviert, freundlich alle Fragen beantwortet, und danach wieder los.“
„Wäre mir zu anstrengend.“
„Sehen Sie … also, fünfundsiebzig Euro, ja?“
„Ja, aber ich würde nicht mit dem Rad kommen.“
(Lacht) „Na schön, ich sehe hier ja Ihre Nummer auf meinem Display. Ich checke mal meine Herbsttermine und ruf Sie dann in ein paar Tagen an, zwecks Terminabsprache, okay?“

„Ja, klingt gut."
„Nicht wahr. Ach so, wie heißt Ihr Buch denn überhaupt?"
„*Derangiert.*"
„*Derangiert*, aha, knapp und einprägsam … also, alles Gute, Sie hören von mir."
„Ich kann's kaum erwarten."
(Lacht und legt auf)

Nach sieben Wochen habe ich die ersten Lesetermine unter Dach und Fach. Es wird Zeit, Viktor zu entmotten.

3
Seeräuber-Jenny

Wo ist diese Scheißpension? Dieses Kaff besteht im Grunde nur aus ein paar Straßen und ich bin zu blöd, die richtige zu finden. Ich muss pissen! Da eben hätte ich gekonnt, auf dem Gelände eines ehemaligen Autohauses. Unkraut und Sträucher bahnen sich schon den Weg durch die Betonplattenlücken des ehemaligen Parkplatzes. Zu spät, ich fahre bestimmt nicht mehr zurück. Da vorn kommt schon wieder diese Art Einkaufszone, und da links, die Friedensstraße, na endlich. Wieso bin ich Idiot da vorhin dran vorbeigefahren? Mit einem Navi wäre das nicht passiert. Im Osten hat jedes Kaff eine Friedensstraße, einen Friedensring oder eine Straße des Friedens. Friedliebende Menschen eben. Da ist ein Parkplatz. Also wird geparkt, so lang ist die Straße ja nicht. Jetzt noch die Hausnummer vierundfünfzig finden, und Endstation. Wurde auch Zeit. Ich greife mir meinen Krempel, steige aus und marschiere friedlich die Friedensstraße entlang. Vor mir läuft ein Trainingsanzug mit blondierter weiblicher Begleitung. Als die beiden an einem fetten weißen Mercedes vorbeischlendern, lässt sie im Vorübergehen ihre Hand einmal zärtlich über die Motorhaube des Wagens gleiten. Er lächelt sie zufrieden an. Sie lächelt zufrieden zurück. Nummer vierundfünfzig. Ein unscheinbares graues Reihenhaus,

eingezwängt zwischen zwei identisch aussehenden Reihenhäusern, erhebt sich vor mir. Ziel erreicht. Ich klingle. Ich warte. Ich klingle erneut. Eine dünne Frauenstimme schnarrt durch die Gegensprechanlage.
„Ja?"
„Ja, Buchholz, guten Tag, ich komme wegen dem Zimmer."
„Ja?"
„Ich habe gestern angerufen."
„Bitte, wer sind Sie?"
„Buchholz! Ich habe angerufen. Bin ich vielleicht zu früh?"
„Einen Moment."
Die Gegensprechanlage knackt. Ich warte und spüre meine Blase. Die Riemen meiner Reisetasche hinterlassen Striemen in meiner Hand. Dennoch stelle ich die Tasche nicht ab. Die Anlage knackt wieder.
„Ich komme gleich", dröhnt es jetzt. Ich erwidere nichts und warte.
Durch die Milchglasscheibe sehe ich, dass sich jemand der Haustür nähert. Meine Hand wird langsam taub. Doch jetzt ist es zu spät, die Tasche abzustellen, da sich die Tür öffnet. Eine Frau in den Vierzigern, weder hübsch noch hässlich, mit Naturlocken, zu eng sitzender Jeans und einem Hard-Rock-Café-T-Shirt, betrachtet mich skeptisch. Ich bemühe mich, wie ein Gast zu wirken, der in freudiger Erwartung sein Urlaubsziel erreicht hat und einem angenehmen Aufenthalt entgegenfiebert.
„Guten Tag", sage ich, so freundlich ich kann, und versuche möglichst galant zu grinsen, um ihre Skepsis zu zerstreuen.

Es gelingt nicht wirklich. Aber da sie mich anscheinend auch nicht für einen Serienkiller hält, lässt sie mich eintreten. Vor mir erstreckt sich ein dunkler schlauchartiger Korridor.
„Ich hoffe, ich bin nicht zu früh“, wiederhole ich. Sie schüttelt nur kurz den Kopf.
„Haben Sie denn gut hierher gefunden?“, kommt es jetzt aus ihr heraus.
Ich bejahe und grinse wahrscheinlich heftiger als angebracht. Sie lächelt schal zurück. Gleich ist es geschafft, mich noch einen Moment normal benehmen, mir den verdammten Schlüssel geben lassen, dann pissen und nichts wie unter die Dusche.
Nach ein paar Schritten verkündet sie: „Also, hier hätten wir Ihr Zimmer“, und öffnet eine Tür.
Ich betrete hinter ihr einen großen Raum. Eine unglaubliche Hitze schießt mir entgegen. Ich stelle meine Tasche ab. Ein Kamin brennt und man kann kaum atmen. Zusätzlich stinkt es nach Räucherstäbchen oder ähnlichem Mist; als würde man in den verkohlten Resten eines Osterfeuers stehen. Ich bemerke ein Doppelbett. Ansonsten ist das Zimmer *liebevoll* mit allerlei Krimskrams dekoriert, der den Gästen wohl das Gefühl geben soll, sich in einer Art gigantischer Piratenschiffkajüte zu befinden. Wo bin ich hier gelandet, ich wollte bloß ein kleines Zimmer mit Dusche, und wenn's geht, mit Fernseher. Einen Fernseher gibt's nicht, dafür aber ein Akkordeon und eine Totenkopfflagge über dem Bett. Ich bin in einer Honeymoon-Suite für Psychopathen gestrandet.
„Gefällt es Ihnen?“
Sie blickt mich erwartungsvoll an.

„Ja, sehr schön."
„Ich möchte es gleich sagen: Alle unsere Zimmer sind Nichtraucherzimmer! Sollten Sie hier rauchen, würden wir Ihnen die Reinigung auf die Rechnung setzen müssen … und den Kamin bitte nicht berühren oder öffnen, wenn das Feuer ausgeht – also, wenn Sie wollen, macht Ihnen mein Mann den heute Abend noch mal an."
„Nein, nein, nicht nötig, ich schlafe besser, wenn's ein bisschen kühler ist im Zimmer."
Die Dame des Hauses betrachtet jetzt mich kühler.
„Wie Sie mögen", entgegnet sie beleidigt.
„Ja, und welches Zimmer hat denn Herr Klein?"
„Was meinen Sie?"
„Na ja, wo schläft Herr Klein heute Nacht?"
„Also, ist es Ihnen vielleicht nicht groß genug?" Schmollend verzieht sie die Unterlippe.
„Nein, nein, ganz toll so weit. Nur, wir bräuchten *zwei* Zimmer."
„*Zwei* Zimmer?"
„Äh … ja, eins für mich und eins für Herrn Klein."
„Also, die Bibliothek hat mir nichts von zwei Zimmern gesagt. Man hat mir ausgerichtet, dass Sie das größte bevorzugen würden."
„Wer hat Ihnen das ausgerichtet?"
„Frau Wegner, die Bibliotheksleiterin."
„Nein, nein, hören Sie, das scheint ein Missverständnis zu sein, mir würde auch ein ganz kleines Zimmer reichen … und Herrn Klein im Übrigen auch. Dieses Zimmer ist vielleicht doch eher etwas für Jungvermählte …" Mein Blick fällt ostentativ aufs Doppelbett und auf den ausklappbaren Wickeltisch mit einer däm-

lich grinsenden Babyzeichnung drauf, den ich direkt anstarre, um der Lady einen Wink mit dem Zaunpfahl zu geben. Sie versteht nicht. Ich könnte ihr den Zaunpfahl wahrscheinlich genauso gut über den Schädel ziehen, und sie würde genauso viel begreifen. Beide fühlen wir uns unwohl und würden am liebsten das Zimmer verlassen. Ich müsste dringend mal pissen. Außerdem beginne ich wie ein Schwein zu schwitzen, und langsam bekomme ich auch noch Kopfschmerzen. Verdammte Räucherstäbchen, verdammter Kamin, verdammte Scheiße!

„Also, wenn Sie ein zweites Zimmer wünschen, ist das auch kein Problem“, fährt sie beleidigt fort, „Sie wären heute Nacht ohnehin die *einzigsten* Gäste … ich müsste das vorher nur noch mit der Frau Wegner klären, oder noch besser, Sie klären das und richten ihr aus, dass sie mich dann nachher noch mal anrufen soll.“

„Nachher? Da habe ich eine Lesung!“

„Ja, nun ja, aber ich muss ja wissen, was Sache ist.“

„Was würden denn zwei Einzelzimmer kosten? Beziehungsweise, was kostet dieses Zimmer überhaupt?“

„Unsere Einzelzimmer kosten zweiundvierzig Euro die Nacht, und unser *Piratentraum* hier – achtzig Euro … ich würde Ihnen dieses Zimmer dann aber als Einzelzimmer berechnen.“

„Das ist sehr freundlich von Ihnen. Habe ich das also richtig verstanden, die Bibliothek übernimmt die Rechnung für diesen Piratenraum?“

„*Piratentraum*“, korrigiert sie mich.

„Ja, *Traum*, natürlich, und der kostet normalerweise achtzig Euro? Zwei Einzelzimmer würden dann vierundachtzig Euro kosten, korrekt?“

„Richtig."
„Na wunderbar, dann gebe ich Ihnen…", ich fingere sofort mein Portemonnaie aus dem Jackett, „… vier Euro, und alles wäre perfekt."
„Ja – das heißt nein. Ich möchte das doch lieber mit der Frau Wegner besprechen. Die Abrechnung geht ja auch über die Bibliothek."
„Kann sie doch auch, ich bezahle Ihnen die Differenz jetzt sofort, und alles ist in Butter."
Fast schon flehentlich halte ich der Piratenbraut meine spärlich gefüllte Brieftasche hin.
„Ohne Absprache möchte ich das lieber nicht. Frau Wegner ruft mich nachher einfach noch mal an, und dann weiß ich Bescheid … ich müsste dann ja auch noch extra ein Zimmer vorbereiten."
Meine Kopfschmerzen und mein Pissdrang nehmen weiter zu. In was für einen *Fluch-der-Karibik*-Scheiß bin ich hier nur hineingeraten? Warum muss immer ich mich mit so einem Mist herumschlagen und nie Viktor?
„Einfach gegen sechs Uhr anrufen", wiederholt sie beharrlich.
Um sechs ist die Lesung, du Huhn!
„Ja, richte ich aus."
„Na gut, dann zeige ich Ihnen, wenn Sie mögen, noch den übrigen Teil des Piratenschiffs."
„Sehr gern. Nur, was ist mit dem Einzelzimmer?"
„Sie können dies hier behalten, wenn Sie mögen. Und wenn das mit der Frau Wegner geklärt ist, bereite ich noch ein zweites Zimmer für Ihren Kollegen vor – das wollte ich Ihnen ohnehin jetzt zeigen."
„Okay."

Meine Blase! Wäre ich allein im Zimmer, würde ich den Kamin auspissen. Die Braut führt mich durchs Haus. Wir steigen eine schmale Holztreppe nach oben. Dort befindet sich im linken Teil des Raums die *Kombüse*, wie sie mich wissen lässt, und im rechten Teil der Aufenthaltsbereich – der Mannschaftsraum, wie sie stolz erklärt; zum *Relaxen*. Auch hier brennt ein verdammter Kamin, nur aus irgendeinem, mir sich nicht erschließenden Grund riecht es hier nicht wie im Krematorium. Wahrscheinlich hat das Ding unten in meinem Zimmer keinen besonders gut funktionierenden Abzug.

„Dort oben wären dann zwei weitere Einzelzimmer", verkündet sie und weist auf eine Mischung aus Leiter und Wendeltreppe, die zum Dachboden führt, „da könnte dann Ihr Kollege schlafen. Man müsste mich, wie gesagt, vorher nur auf jeden Fall anrufen."

„Und wenn ich Ihnen die verbleibenden vier Euro einfach gebe, dann könnten Sie das Zimmer doch jetzt schon vorbereiten", versuche ich es verzweifelt ein letztes Mal.

„Nein, nein, wie gesagt, da hätte ich doch bitte gern die mündliche Bestätigung von Frau Wegner."

„Natürlich", seufze ich.

Wir verlassen den Mannschaftsraum und steigen wortlos wieder nach unten.

„Hier können Sie rauchen, wenn Sie müssen", sagt sie unvermittelt (Ich habe nie erwähnt, dass ich rauche, aber wahrscheinlich quarzt, ihrer klischeehaften Vorstellung nach, jeder Schriftsteller!) und öffnet eine Hintertür, hinter der sich ein minimalistischer Gartenbereich befindet. Ein Aschenbecher steht auf einem

schlichten Aluminiumtisch, mit einer Kette befestigt, damit bloß niemand auf die Idee kommt, irgendwo anders zu rauchen, als von der Hausherrin vorgesehen.
„Also, ich wünsche Ihnen einen angenehmen Aufenthalt. Frühstück ist von sieben bis neun."
„Ah ja, danke."
„Und, wie gesagt, in den Zimmern ist absolutes Rauchverbot."
„Ja, natürlich."
Zu meiner Irritation öffnet sie erneut die Hintertür und verschwindet draußen in einem kleinen bungalowähnlichen Anbau, den ich für ein etwas zu groß geratenes Gartenhaus gehalten habe. Ich schließe die Hintertür, die sie aus unerfindlichen Gründen offen gelassen hat, und bin endlich allein. Zielstrebig kehre ich in meine Honeymoon-Suite zurück. Das Kaminfeuer hat an Intensität nachgelassen; was bleibt, ist der kaum zu ertragende Brandgeruch. Nachdem ich ausgiebig uriniert habe, reiße ich beide Fenster auf. Ich greife mir mein Handy und rufe Viktor an.
„H a l l o ." Im Hintergrund ohrenbetäubendes Rauschen.
„Viktor!?"
„H a l l o ! "
„Kannst du mich hören?!"
„J a , s c h l e c h t , i c h b i n i m Z u g ! "
„Das ist nicht zu überhören."
„W a s ? ! "
„Nichts! Hör zu, die Unterkunft hier ist ein Albtraum!"
„W a s ? ! "
„Egal, wann bist du hier!?"
„W a s ? ! "

„Wann kommt dein Zug an!!? Wann bist du hier?!!!"
„A c h s o … i c h g l a u b, s o g e g e n …"
Klack! Piep, piep, piep.
Scheißhandys.
Viktor kommt eine Stunde später. Er lässt sein Gepäck auf den Boden krachen, rümpft die Nase und schaut skeptisch erst aufs Doppelbett, dann auf den ausklappbaren Wickeltisch und schließlich auf den Kamin. Nachdem ich ihn kurz über die Hard-Rock-Lady sowie übers Haus und die *Hausordnung* aufgeklärt habe, lacht er hämisch, knackt ein Dosenbier und zündet sich eine Kippe an. Ich zwinge ihn, am offenen Fenster zu rauchen. Die lächerliche Vier-Euro-Problematik erwähne ich nur nebenbei, um ihm kurz vor der Lesung nicht das Gefühl zu geben, dass er heute Nacht mit mir im selben Bett schlafen muss. Ich erkläre ihm lediglich, dass zwei Einzelzimmer quasi genau so viel kosten wie diese *Suite*, die mir die Lady als Einzelzimmer berechnen will, und dass wir wegen der Sache mit dem zweiten Einzelzimmer noch kurz die Bibliothekarin informieren sollen. Viktor entgegnet, dass ihn dieser kleinkarierte Schwachsinn einen Scheiß interessiere, und zündet sich die zweite Zigarette an, obwohl er die erste gerade halb aufgeraucht aus dem Fenster geworfen hat.

Vor der Lesung mache ich die Bibliothekarin beiläufig auf die Zimmerproblematik im Piraten-Albtraumschiff aufmerksam, und dass das Thema vielleicht telefonisch noch mal aufgegriffen werden müsse. Ich verschweige allerdings, dass es bis sechs Uhr geschehen sollte. Doch auch sie versteht nicht genau, warum sich zwei erwach-

sene Männer sträuben, in einem Bett zu schlafen; lenkt aber sofort ein, da sie diese *Problematik* so kurz vor der Veranstaltung nicht weiter vertiefen will. Recht so.
Die Lesung läuft sehr gut. Alle fünf Besucher, einschließlich Leiterin, lauschen andächtig und loben anschließend Viktors schneidigen und lebensnahen Vorlesestil. Darauf wird eine kalte Platte mit fett belegten Käse- und Salamibrötchen herumgereicht. Die Bibliothekarin ist so begeistert, dass sie vorschlägt, noch eine Lesung für die Oberstufe zu organisieren, da einige Themen im Buch so schön die aktuelle Schüler- und Studentensituation aufgreifen würden.

Wieder zurück im Seeräubernest, rauchen wir noch eine, ehe Viktor sich auf *sein* Zimmer im Dachgeschoss zurückzieht. Der Brandgeruch in meiner Wickeltisch-Suite ist fast vollständig verschwunden, und ich gehe erleichtert schlafen.

Am nächsten Morgen ist in der Kombüse ein Frühstück aufgefahren, das lediglich aus Brötchen, Wurst, Käse und einem Getreidemüsli besteht. Kaum haben wir lustlos angefangen, uns mit Eiweißen und Kohlehydraten vollzustopfen, kommt Seeräuber-Jenny angestiefelt und fragt, ob so weit alles zu unserer Zufriedenheit sei. Ihre Frage wird von einem falschen und ängstlichen Lächeln begleitet. Ich bejahe eifrig und bemühe mich, besonders freundlich zu sein. Viktor nickt nur kurz und widmet sich weiter seinem Müsli. Sie wünscht uns einen guten Appetit und verschwindet wieder.
Zehn Minuten später räume ich in meiner Suite zügig meine Sachen zusammen und hoffe, dass Viktor eben-

so schnell damit fertig wird. Ich verlasse das Zimmer, um zu sehen, wo er bleibt. Als ich die Treppe erreiche, höre ich erregte Stimmen von oben.

„Also, so was hab ich ja noch nie erlebt!“, keift die Piratin.

„Wie gesagt, ich dachte, das wäre abgesprochen …“

„Gar nichts wurde mit mir abgesprochen! Ich hatte Ihren Kollegen, also Herrn Buchholz, gebeten, die Frau Wegner zu informieren, mich unbedingt noch anzurufen wegen dem zweiten Zimmer.“

„Ja, das sagten Sie schon.“

„Das Dachzimmer war ja überhaupt nicht vorbereitet.“

„Mir ist nichts aufgefallen.“

„Aber Sie hätten doch merken müssen, dass das Zimmer gar nicht vorbereitet war!“

„Nein.“

„Na ja, wie dem auch sei … um sechs Uhr jedenfalls sollte er beziehungsweise die Frau Wegner mich anrufen.“

„Um sechs war die Lesung.“

„Ja, aber das ist doch nicht mein Problem, wann die Lesung stattfindet … ich muss doch informiert werden!“

„Also noch mal, Herr Buchholz hat die Bibliothekarin informiert, jedenfalls das mit dem zweiten Zimmer hat er angesprochen. Von einem Anruf oder Rückruf weiß ich nichts.“

„Und wie unhöflich der war.“

„Wer?“

„Ihr Kollege! So arrogant, nur weil der Herr Bücher schreibt, glaubt er, er ist was Besseres.“

„Bin mir nicht sicher, ob das …“

„Ich habe doch gleich gesehen, dass ihm das Zimmer nicht gefällt. Vielleicht ist der Herr Schriftsteller ja größere Zimmer gewohnt, aber das können wir hier leider nicht bieten, da sollte er sich dann nächstes Mal vielleicht nach etwas Luxuriöserem umschauen."
„Ich glaub nicht, dass das das Problem war. Wir haben nur üblicherweise getrennte Zimmer ..."
„Ja, das wäre doch auch gar kein Problem gewesen! Man hat mich aber nicht informiert!"
„Wie gesagt, zu dem Zeitpunkt war die Lesung. Und wie ich Herrn Buchholz verstanden habe, wollte er Ihnen die paar Euro Differenz, oder wie viel das nun war, doch gleich bar bezahlen."
„Ja, aber das geht doch nicht, die Zimmerrechnung geht doch über die Bibliothek – über die Frau Wegner!"
Ich höre Viktor seufzen, oder ist er schon am Lachen?
„Da hat der Ihnen einfach gesagt, Sie können da oben schlafen?"
„Ich bin davon ausgegangen."
„Also, das ist ja ein starkes Stück."
„Ja ja."
„Wissen Sie, hätte ich Sie da eben nicht die Treppe runterkommen sehen, dann hätte ich das erst mal gar nicht gemerkt, dass Sie da oben geschlafen haben."
„Möglich."
„Also, so was hab ich ja noch nie erlebt!"
„Das sagten Sie schon."
„Wie bitte?"
„Also ich werd' dann mal ..."
„Ja, und richten Sie dem Herrn Buchholz bitte aus, dass er hier im *Piraten-Traumschiff* lebenslanges Hausverbot hat."

„Mach ich."
Ich habe genug gehört, nehme meine Tasche und verschwinde. Als ich die Haustür leise hinter mir schließe, fühle ich mich erleichtert und frei. So ähnlich muss sich der Häuptling in *Einer flog übers Kuckucksnest* gefühlt haben, als er das Waschbecken durchs Fenster geworfen hatte und floh. Eine Minute später kommt Viktor grinsend angedackelt.
„Die Alte mochte dich, Herr Schriftsteller."
Er zündet sich eine Zigarette an und steigt in meinen Wagen. Ich fahre ihn zum Bahnhof. Sein Zug nach Berlin geht um neun Uhr fünfzig. Wir haben noch zehn Minuten.

Eine Woche später rufe ich, zwecks Terminabsprache mit dem Gymnasium, die Bibliothekarin an. Nach anfänglichem Rumgedruckse bricht es dann aus ihr heraus. Sie habe kürzlich mit der Besitzerin vom *Piraten-Traumschiff* gesprochen und konnte nicht glauben, was sie da hören musste. Mein Benehmen sei von derartiger Wessi-Arroganz gewesen, dass beiden Frauen die Worte fehlten. Nachdem ich das erwartete „Sie werde ich nie wieder einladen" vernommen habe, lege ich, ohne etwas zu erwidern, auf, um meinem miserablen Ruf auch gerecht zu werden.

4
Einige Lesungen später

Ich sitze in der hintersten Reihe. Viktor sitzt vorne. Das Publikum besteht aus einem älteren Ehepaar. Er liest heute an einem Tisch mit Decke, so sieht man seine abgewetzte Cordhose nicht. Gestern saß er auf einem *Literatursofa* und hatte seine alte Anzughose mit dem Loch im Schritt an. Diesen Fehler macht er nicht noch mal. Das Publikum war im Durchschnitt knapp achtzig, und dementsprechend verstaubt, daher fiel es kaum jemandem auf. Viktor räuspert sich, noch mal, und noch mal, jetzt ein kurzer Huster, ein längerer, noch etwas lauterer Huster, ein erneutes Räuspern – er hat sich wieder im Griff. Jedes Mal sag ich ihm, dass das Kettenrauchen kurz vor der Lesung nicht sehr vorteilhaft ist, aber er weiß es ja besser, sind ja auch meistens meine Zigaretten, die er vorher wegzieht. Die Frau wirkt irritiert, das spüre ich, obwohl ich sie nur von hinten sehe. Sie rutscht unruhig hin und her. Ihr Gatte wirkt entspannter. Aufmerksam, fast schon andächtig lauscht er Viktors Vortrag. Das Hustengeröchel hat er bereitwillig über sich ergehen lassen. In diesem verdammten Hotel sind etwa zweihundert Leute abgestiegen, doch neunundneunzig Prozent hatten heute Abend was Besseres vor; man kann es ihnen nicht verdenken. Der Gatte macht ein Geräusch, eine

Art Schnauben, nein, es ist tatsächlich ein sich von einem Schmunzeln in ein schluckaufartiges Aufstoßen verwandelnder Lacher. Lächelnd und Zähne zeigend blickt er seine Frau zur Rechten an und sucht Bestätigung, findet sie aber nicht. Egal, er lächelt weiter und gluckst noch ein wenig in sich rein. Viktor ist gerührt; an dieser Stelle im Text wurde noch nie gelacht. In Bruchteilen von Sekunden wird ihm klar, dass der Mann nicht ganz falsch lag, und beginnt in sich hinein zu grinsen. Mir schwant Fürchterliches, er wird sich nicht halten können. Schon passiert es. Viktor prustet los, versteckt seinen Lacher aber sofort hinter einem röchelnden Huster, den er mühelos aus seiner Lunge presst. Erneute Irritation der Gattin. Viktor fängt sich wieder und liest weiter, doch das Grinsen bleibt in sein Gesicht gemeißelt. Ich schaue aus den riesigen Fenstern. Draußen regnet es heftig. Für eine Weile verliere ich mich in Gedanken, die zu nichts führen. Meine linke Arschbacke ist eingeschlafen. Wie die Frau rutsche auch ich auf meinem Stuhl hin und her. Viktor ist zum Ende gekommen und schaut mich erwartungsvoll an. Ich habe einen Moment nicht aufgepasst. Schnell beginne ich ein Klatschkonzert anzustimmen, das insgesamt leider nur aus drei Personen besteht, aber durch den halligen Raum recht ordentlich klingt, sprich, nicht allzu lächerlich wirkt. Ich erhebe mich und gehe zum Tisch. Jetzt ist auch noch mein Fuß eingeschlafen, ich bemühe mich, nicht zu humpeln.

„Ja, einen schönen guten Abend", beginne ich, nachdem ich mich neben Viktor gepflanzt habe. Höflich erwidern die beiden meinen Gruß. Viktor blättert sinnlos in meinem Buch herum. „Also, Herr Klein hat Ihnen ja gerade eindrucksvoll einige Kapitel aus meinem Roman *Derangiert* vorgelesen, an dem ich etwa zwei Jahre herumgewerkelt habe. Haben Sie vielleicht irgendwelche Fragen?"

„Ja, haben Sie noch Ihre richtigen Zähne?", kommt es aus dem Gatten heraus.

„Bitte?"

„In Ihrem Buch kommen Sie in dem einen Kapitel auf Prophylaxe zu sprechen."

„Ja, das ist aber nebensächlich."

„Sagen Sie das nicht, schauen Sie ...", der Mann entblößt seine enormen Vorderzähne und tickt mit dem Zeigefinger dagegen, „... das sind immer noch meine richtigen Zähne, und ich bin schon siebenundsiebzig."

„Das ist ja schön."

„Und?"

„Und was?"

„Haben Sie noch Ihre richtigen Zähne, weil Sie im Buch da so etwas erwähnten ...?"

Viktor grinst in sich hinein. Hoffentlich bekommt er keinen Lachkrampf, am Unterdrücken ist er schon, ich höre es an seinem unregelmäßigen Atem. Manchmal erinnert er mich an Fürst Myschkin – zu den unpassendsten Gelegenheiten ein Anfall.

„Äh ... ja, die sind laut meinem Zahnarzt auch zum größten Teil in Ordnung, aber verstehen Sie, ich bin nicht der Protagonist des Buches."

„Ja, ich verstehe natürlich, aber es sind doch bestimmt viele autobiografische Fakten in Ihren Roman mit eingeflossen."

„Schon, aber nicht der Zustand meiner Zähne."
„Die Prophylaxe dient im Übrigen nicht nur der Karies-, sondern besonders der Parodontose-Vorsorge, das hätten Sie, finde ich, in Ihrem Buch deutlicher hervorheben müssen."
„Ja, wie gesagt, der Prophylaxeteil ist relativ unwichtig, aber sollte in einem zukünftigen Buch noch einmal ein relevantes Zahnthema aufkommen, werde ich mich vorher eingehend mit meinem Zahnarzt beraten."
„Ja, so was kann nie schaden."
Viktor schießt eine Fontäne Mineralwasser aus dem Mund.
„'tschuldigung, hab mich verschluckt ..." Darauf grinst er mich an.
„Haben Sie sonst noch Fragen?"
„Mussten Sie viel für Ihren Roman recherchieren?"
„Nein, das meiste beruht auf Beobachtungen und Erlebnissen."
„Bei dem Gespräch zwischen dem Icherzähler und der Mutter", meldet sich jetzt die Gattin zu Wort, „fiel mir auf, dass der Protagonist doch recht grob war."
„Ja."
„Also, ich finde, das ist doch sehr positiv, wenn Eltern reges Interesse am Leben ihrer Kinder zeigen."
„Sie meinen sich einmischen?"
„Bitte?"
„Das *Kind* im Roman ist über dreißig."
„Also, bei unserer Enkelin, die ist kürzlich dreizehn geworden ... also, der muss man ja wirklich alles aus der Nase ziehen, wie es so in der Schule läuft, was sie sonst so macht ... von alleine erzählt die ja gar nichts mehr."

Ihr Mann stimmt ihr heftig mit dem Kopf nickend zu.
„Könnte an der Pubertät liegen", meldet sich Viktor zu Wort. Ein leichtes Grinsen klebt immer noch in seinem Gesicht.
„Ja, aber die Pubertät kann doch nicht für alles herhalten. Also zu unserer Zeit, als wir in dem Alter waren, da hatte man noch Respekt und hat brav geantwortet, wenn man von den Erwachsenen etwas gefragt wurde."
Als Sie in dem Alter waren, marschierten hierzulande ja auch noch alle im Gleichschritt!
„Die Zeiten ändern sich", versuche ich es mit einem Allgemeinplatz.
„Wem sagen Sie das. Wissen Sie", ereifert sich die Gattin weiter, „die Älteren werden heute auch immer mehr zur Seite gedrängt."
„Zur Seite gedrängt?"
„Ja."
In ein paar Jahren gibt's hier ohnehin fast nur noch Alte, dann müssen die sich eh gegenseitig zur Seite drängen.
„Ja, genau", stimmt der Gatte mit ein, „übergangen, ignoriert, beiseite geschoben. Und die Unhöflichkeit der Jugend heutzutage. Heute macht in der Bahn auch kein Jüngerer mehr Platz, wenn ältere Menschen sitzen möchten."
Oder man prügelt ihnen die Seele aus dem Leib! Was zum Teufel hat das mit meinem verdammten Buch zu tun?
Seufzend und kopfnickend pflichtet sie ihrem Mann bei. Die beiden sind sich genauso einig, wie sie selbstgefällig sind.

„Ja, schrecklich … haben Sie vielleicht sonst noch Fragen – das Buch betreffend, meine ich?"

Die beiden blicken mich stirnrunzelnd an, denken nach, schweigen aber. Es scheint geschafft zu sein.

„Also", beginnt der Gatte erneut.

Weiter geht's, verdammt!

„Ich finde, darüber sollten Sie mal schreiben."

„Worüber bitte?"

„Na, über die Jugend – also über die Ausgrenzung der Älteren durch die Jugend."

„Ich werde darüber nachdenken."

„Ja, machen Sie das mal, das ist ein Thema, das wirklich interessant und brandaktuell ist."

„Sicher."

„Und die Kommunikationsprobleme zwischen den Generationen, das fände ich auch sehr spannend. Also darüber sollten Sie wirklich mal schreiben."

„Ist abgespeichert."

Viktor beginnt ein nicht zu identifizierendes Geräusch von sich zu geben, eine Art Schnaufen, vermischt mit Husten. Ich vermeide den Blickkontakt mit ihm. Es wird Zeit, die Sache hier zu Ende zu führen.

„So, ich denke, weitere Fragen gibt es nicht mehr. An dieser Stelle können wir dann wohl Schluss machen. – Ach so, falls Sie möchten, hier vorne liegen einige Bücher zum Verkauf."

Ich weise auf die drei Verkaufsexemplare vor mir. Ich ekle mich vor mir selbst, diesen Leuten auch noch mein Buch andrehen zu wollen. Aber Geschäft ist Geschäft. Job ist Job. Und Prostitution ist Prostitution.

„Was kostet Ihr Buch denn?", fragt die Frau.

„Neun Euro neunzig", kommt Viktor mir zuvor.

„Na ja, zehn Euro hätten wir da, glaub ich, schon noch übrig, um einen jungen Autor zu unterstützen, haha, nicht wahr?", richtet sie sich gönnerhaft an ihren Mann.

Die beiden lächeln mich selbstzufrieden an. Ich muss aufstoßen, da ich gerade einen ordentlichen Schluck Wasser getrunken habe. Ich lasse das Bäuerchen relativ geräuscharm seitlich aus dem Mund herauszischen und sage: „Möchten Sie's signiert haben?"

„O ja, das wäre schön."

Die Frau erhebt sich, kommt zum Tisch, greift sich ein Buch und reicht es mir.

„Schreiben Sie bitte für Gottfried und Helga."

„Ich hab keinen Stift."

Viktor reagiert schnell und zaubert einen Bleistift hervor. Einen Bleistift! Na, egal.

Ich signiere. Sie legt währenddessen zwei Fünfeuroscheine auf den Tisch.

„Vielen Dank ... also dann, einen schönen Abend noch."

„Ja, Ihnen auch."

Sie verschwinden. Viktor und ich bleiben zurück, den Blick auf etwa hundert leere Stühle gerichtet.

„Ich brauch 'n Bier."

Viktor lacht laut auf.

„Eins wird nicht reichen, um das hier zu vergessen."

„Ich weiß, aber betrinken is nich. Morgen geht's weiter. – Hoffentlich sitzt dann kein Zahnarzt im Publikum, das würde ich nicht verkraften."

„Hoffentlich sitzt morgen überhaupt Publikum da."

„Auch wieder wahr ... los, lass mal raus hier."

„Okay."

Ich stecke das Geld und die Bücher ein. Nachdem wir an der Hotelbar zwei überteuerte Pils getrunken haben, gehen wir auf unsere Zimmer.
Ich liege auf dem Bett und schaue mir das Zimmer an. Sauber, luxuriös, steril. Es ist pervers, nur zwei Übernachtungen in diesem Raum würden eine Hartz-IV-Monatsunterstützung aufbrauchen. Ich schalte den Fernseher an. In meiner Blödheit komme ich nicht gleich mit der Fernbedienung klar. Dann dauert es eine Weile, bis ich begreife, dass auf dem ersten Programm nicht das Erste Programm läuft, sondern eine Dauerwerbeschleife über das Hotel. Ich weiß nicht, für wen es peinlicher ist, für mich, fürs Hotel oder für die ARD. Auf einem Kabelkanal läuft *Die Frau in Rot*. Lebt Gene Wilder eigentlich noch? Als Pubertierender mochte ich den Film nicht, weil ich nicht lachen, sondern wichsen wollte. Wie Gene Wilder fand ich die *Frau in Rot* überaus anziehend, umso mehr, da sie im Film irgendwann ihre Brüste entblößt. Die slapstickartigen Momente störten allerdings, und natürlich Gene Wilder. Wie unschuldig man damals war; Selbstbefriedigung mit der *Frau in Rot*. Jetzt in diesem Hotelzimmer hat der Film einen gewissen Charme. Fürs Onanieren bin ich ohnehin zu müde, obwohl ich sicher noch nicht schlafen kann. Ich blicke zur Minibar. Plötzlich bekomme ich sinnlos Lust auf Champagner. Ich hole eine Flasche Monopole Blue Top heraus, schaue auf den Preis und verliere die Lust. Vier Flaschen hiervon und eine Hartz-IV-Monatsunterstützung wäre … lassen wir das. Ich wippe auf der Matratze herum; sie ist sehr elastisch, quietscht kaum und ist bestimmt sehr wirbelsäulenfreundlich, und dennoch

werde ich schlecht schlafen. Früher schlief ich mit Milja auf einem Ground Zero von einer Matratze und fühlte mich – man entschuldige das Pathos – wie im Himmelbett. Diese fantastische Hotelmatratze wird mich nur einigermaßen durch die Nacht bringen, mehr nicht. Was soll's, es gibt genug Leute, die können überhaupt nicht mehr schlafen. Kurz vor der Brustentblößungsszene am Ende des Films nicke ich weg.

5

Schlafende Hunde

Miete! Ich habe vergessen, die Miete zu überweisen! Und heute ist schon der Achte! Mit diesem Gedanken erwache ich. Ich richte mich auf und stelle fest, dass ich besser geschlafen habe als erwartet. Ganze sieben Stunden. Ich habe aber auch heute Nacht wieder eine Menge Seltsames geträumt. Eine Riesenspinne mit Beinen aus Tannenzweigen kletterte auf dem Rastplatz Grundbergsee über mein Auto und hinderte mich am Einsteigen ... Henry Miller bekam posthum den Nobelpreis überreicht und verweigerte, wie Sartre, die Annahme ... Ich lief nachts durch die Gänge des Hotels und jagte einen Hund, der mir aber jedes Mal knapp entwischte, und noch allerlei anderen Kram. Ich ziehe mir schnell etwas an, schütte mir einige Handladungen Wasser ins Gesicht und gehe nach unten.

An der Rezeption ist nicht viel Betrieb. Ein Hotelboy nimmt gerade mein Poster von der Veranstaltungstafel und ersetzt es durch ein anderes, es handelt sich um eine Swing- oder Jazzband, das *Wolfgang Sechshausen Quintett*, das sich hier heute Abend die Ehre geben will. Dann zerreißt er mein Poster und lässt es diskret in einem Papierkorb verschwinden.

„Guten Morgen, Herr Buchholz. Haben Sie gut geschlafen?“, fragt mich die Empfangsdame.

„Äh … ja, danke, sehr gut. Ich … äh …"
„Das ist schön … und wie geht es Ihrem Kollegen heute Morgen?"
„Äh, wie meinen Sie das? Ich habe noch nicht mit ihm gesprochen."
„Nun, ich weiß nicht, wie ich es ausdrücken soll … also, unser Nachtportier hat Herrn Klein heute Nacht durch die Gänge wandern sehen."
„Na ja, vielleicht wollte er noch an die Bar."
„O nein, Herr Buchholz, die Bar war zu diesem Zeitpunkt schon seit Stunden geschlossen … nein, wie soll ich es sagen – er lief anscheinend einfach nur ziellos durch die Gänge, die ganze Nacht, also so hat es mir der Portier berichtet."
Ich habe einen Hund durch die Gänge des Hotels gejagt!
„Aha."
„Ja, irgendwann am frühen Morgen ist er im vierten Stock wohl eingeschlafen, ein Zimmermädchen hat ihn schlafend mit seinem Zimmerschlüssel in der Hand im Flur gefunden."
„Und dann?", frage ich, bemüht, neutral zu klingen.
„Nun ja, Herr Klein entschuldigte sich, wollte von dem Mädchen wohl noch eine Zigarette haben, und ging dann auf sein Zimmer."
„Womöglich war das eine etwas eigenwillige Form des Schlafwandelns", sage ich falsch lächelnd.
„Das ist natürlich möglich, aber schon ein etwas seltsames Verhalten, finden Sie nicht?", fragt die Empfangsdame, ebenfalls falsch lächelnd.
„Ja, natürlich. Ich werde nachher mal mit Herrn Klein sprechen, ich bin sicher, dafür gibt es eine ganz plausi-

ble Erklärung." Mein falsches Lächeln verschwindet nicht mehr aus meinem Gesicht. Ich versuche das Thema zu wechseln.

„Eigentlich bin ich hier … also, ist die Dame, die die Veranstaltungen organisiert, vielleicht kurz zu sprechen? Frau Pollmann, heißt sie, glaub ich?"

„Sie meinen Frau Pohlmann", berichtigt mich die Lady und verbirgt nicht eine leichte Geringschätzung.

„Ja, natürlich, Frau Pohlmann, meinte ich ja auch."

Ich sollte mir endlich angewöhnen, mir die Namen von den Leuten zu merken, mit denen ich die Lesungen vereinbare!

„Einen Moment."

Die Empfangsdame greift sich souverän das Telefon, drückt einen Knopf, wartet einige Sekunden und sagt dann: „Ja, Frau Pohlmann soll mal bitte zur Rezeption kommen. Danke."

Sie legt auf. „Einen Moment, sie kommt gleich zu Ihnen."

Sie wendet sich von mir ab, verschwindet in einem kleinen Raum und lässt mich allein zurück.

Viktor, was sollte die Scheiße bloß?

Während ich warte, kommt die nächtliche Hundetraumsequenz noch einmal hoch. Ich erinnere mich plötzlich, dass mir, während ich den Hund jagte, der Hotelbesitzer hinterherlief und immer wieder schrie: „Hunde sind hier nicht erlaubt!", und ich ihm mehrfach verzweifelt entgegnete: „Aber das ist doch überhaupt nicht mein Hund!", doch er brüllte unbeirrt weiter: „Hunde sind hier nicht erlaubt! Hunde sind hier nicht erlaubt! Hunde sind hier nicht erlaubt!"

„Herr Buchholz?", reißt es mich aus den Gedanken.

„Äh, ja."
„Guten Morgen. Sie wollten mich sprechen?"
„Ja, guten Morgen, Frau Pohlmann, ich wollte nur kurz fragen, wie es bei Ihnen in der nächsten Saison mit Terminen aussieht."
„Ihre Lesung war gestern Abend nicht sehr gut besucht, Herr Buchholz, nicht wahr?"
„Nein, das kann man leider nicht sagen."
„Tja", fährt sie seufzend fort, „ich habe heute Morgen noch mal mit dem Chef gesprochen … also, die Leseveranstaltungen werden bis auf Weiteres eingestellt."
„Ach so."
„Ja, Herr Buchholz, aber das liegt jetzt nicht an Ihnen oder Ihrem Buch."
Wieso glaube ich dir nicht?
„Verstehe."
„Nein, unsere Lesungen hier waren in den letzten Monaten ohnehin immer sehr schwach besucht, höchstens zehn bis fünfzehn Leute … da hat der Chef jetzt die Notbremse gezogen."
„Verstehe."
„Wir machen jetzt vermehrt Musik-, Kabarett- und Zauberabende, das interessiert die Leute wohl eher …"
„Ja, vielleicht."
„Und was habe ich da noch gehört, Ihr Kollege hat heute Nacht sein Zimmer nicht wiedergefunden und im vierten Stock im Flur übernachtet?"
„Nein, das ist, denke ich, alles nur ein großes Missverständnis. Herr Klein hatte sicher nicht die Absicht, im Flur zu schlafen …"
Die Frau sieht nicht sehr überzeugt aus.
„Wenn Sie es sagen."

Sie betrachtet mich skeptisch. Wird wohl Zeit, mal wieder schnell zu verschwinden. Die Sachen holen und raus hier. Viktor, dieser Idiot.
„Also dann, auf Wiedersehen."
„Eine gute Heimreise, Herr Buchholz."
Als ich gehe, fällt mein Blick auf die Veranstaltungstafel. Das *Wolfgang Sechshausen Quintett* lacht mich aus.

6
Zimmer zweihundertsiebzehn

Ich stehe vor Viktors Zimmertür und klopfe; keine Reaktion. Warum kommt mir die Nummer zweihundertsiebzehn bekannt vor? Ich klopfe noch mal, wieder keine Reaktion. Wut steigt in mir auf. Ich hätte Lust, gegen die Tür zu hämmern, aber es genügt, dass schon einer von uns auffällig geworden ist. Im Zimmer höre ich ein Geräusch, ein Glas wird umgeworfen. Ich lausche, dann wird die Tür einen Spalt geöffnet, langsam trete ich ein, es ist dunkel, Viktor hat alles zugezogen. Zimmer zweihundertsiebzehn?

„Kollege?!“, rufe ich ins Zimmer.

„Yo“, antwortet eine verkaterte Stimme.

Ich erkenne Viktors Umrisse. Er sitzt auf der Bettkante.

„Was hast du heute Nacht angestellt?“

„Was? Wieso?“

„Du wurdest bei deiner nächtlichen Entdeckungsreise durchs Hotel beobachtet.“

„Echt? Von wem?“

„Wen interessiert das, vom Scheißportier!“

„Oh.“

„Ja, oh! Also, was sollte das?“

„Ich konnte nicht schlafen.“

„Anscheinend ja doch, im Flur im vierten Stock!“

„Wer sagt das?“

„Ist doch scheißegal, so ein verficktes Zimmermädchen hat dich da gefunden!"
Das *verfickte Zimmermädchen* kam etwas zu laut heraus. Meine Wut nimmt zu. „Also, was sollte die Scheiße?"
„Ich kann mich an nichts mehr erinnern, seit ich das Zimmer verlassen hab."
Nachdem ich die Gardinen aufgezogen habe, sehe ich ein mit Zigarettenkippen gefülltes Glas, Handtücher, Klamotten, eine zerfetzte *Frankfurter Allgemeine*, zwei Chipstüten, vier Wodkafläschchen und etliche Bierflaschen auf dem Boden; zwei sind ausgelaufen. Es riecht nach kaltem Rauch. Ich reiße die Balkontür auf.
„Das hier ist ein Scheißnichtraucherhotel! Hast du schon vergessen, dass wir gestern vor der Lesung draußen im Regen geraucht haben?"
„Ist ja gut, mach mal keine Panik."
„Wir kamen letztens in diesem Piratenirrenhaus schon nicht besonders gut an …"
„Wir? Du!"
„Ja, kann sein … trotzdem, das hier musste nicht sein."
Ich schaue in die Minibar, viel ist nicht übrig geblieben, nur eine Flasche Rotwein und der Monopole Blue Top.
„Schön, dass du wenigstens den Champagner und den Rotwein verschont hast", bemerke ich gereizt.
„Ich kann Rotwein nicht ausstehen … den Schampus wollte ich eigentlich noch wegziehen, bin vorher wohl eingeschlafen."
„Das war wohl auch besser so!"
„Wie bist du eigentlich an diese dekadenten Hotels rangekommen?"

„Über so 'ne Tante aus der Stadtbibliothek Potsdam, die kannte hier einen von den Touristikleuten", antworte ich und massiere meine Schläfe.
„Warst du schon frühstücken?"
„Warst du schon kotzen!?", brülle ich wütend. „Mann, lass uns hier endlich abhauen … deine nächtliche Aktion und dieses Zimmer – ich glaub, ein gemütliches Frühstück können wir uns abschminken."
„Wieso, geht doch auf Spesen."
„Ja, aber nicht die Renovierung des Zimmers!" Zimmer zweihundertsiebzehn?
„Jetzt übertreib mal nicht, eben die Sachen wegräumen, einmal mit 'nem Lappen durch, und gut is."
„Hast du 'n Lappen?"
„Nee."
„Okay, ich hab keine Lust mehr auf den Scheiß, in 'ner halben Stunde treffen wir uns unten, und dann muss ich hier auch noch irgendwo 'ne Bank finden."
„Warum?"
„Hab vergessen, die Miete zu überweisen."
„Hm, heute ist doch schon der Zehnte."
„Der Achte", zische ich und verlasse den Raum.
„Hast du noch Zigaretten?", ruft er mir hinterher. Ich antworte nicht und gehe auf mein Zimmer, die Sachen holen. *Shining*! King! Kubrick! Zimmer zweihundertsiebzehn, das Zimmer des Bösen; wie befriedigend, wenn sich quälende Erinnerungslücken schließen.

Gerade als ich ins Zimmer komme, klingelt das Telefon. O Gott … Es ist Viktor. Erleichterung verwandelt sich in Gereiztheit.

„Hast du noch Geld? Ich hab ausgerechnet, ich muss siebenundvierzig Euro für die Minibar löhnen … der Alk ist hier ganz schön teuer."
„Ach wirklich", entgegne ich.
„Yo! Und?"
„Und was?"
„Hast du noch Kohle?"
„Nicht mehr viel, aber ich muss ja sowieso zur Bank, die Miete überweisen."
„Ach, stimmt ja."
„Ist dir eigentlich klar, dass du gestern Nacht knapp die Hälfte deines Honorars versoffen hast, das Pils in der Hotelbar nicht mitgerechnet?"
„Ja, möglich."
„Na ja, dein Problem … mal was anderes, weißt du zufällig, ob Gene Wilder noch lebt?"
„Wer?"
„Gene Wilder."
„Keine Ahnung – ist das nicht der, der in so 'nem Woody-Allen-Film 'n Schaf gefickt hat?"
„Ja, glaub schon."
„Wie gesagt, keine Ahnung."
„Ist ja auch nicht wichtig, also in zwanzig Minuten unten, okay?"
„Ja ja, okay."

Natürlich ist Viktor zum vereinbarten Zeitpunkt nicht unten.
Ich gebe meinen Schlüssel ab.
„Hatten Sie etwas aus der Minibar?", fragt mich die Lady an der Rezeption.
„Äh, nein."

„Gut. Wird Herr Klein heute auch auschecken, oder bleibt er länger?"
Warum sollte er länger bleiben? Was soll die dämliche Frage? Außerdem wollt ihr ihn sicher so schnell wie möglich loswerden – genau wie mich!
„Äh, nein, ich wollte ihn eigentlich zum Auschecken hier treffen."
„Ah ja."
„Also, wenn Herr Klein gleich kommt, könnten Sie ihm bitte ausrichten, dass ich kurz zur Bank gegangen bin?"
„Natürlich", verspricht sie mit ihrem antrainierten Lächeln.
„Danke."
Ich frage den Hotelboy, wo sich die nächste Sparkasse befindet; er weiß es nicht. Bei einer Putzfrau habe ich mehr Glück.

Der Vorgang konnte nicht bearbeitet werden. Bitte wenden Sie sich an Ihre kontoführende Stelle, leuchtet es auf dem Bildschirm des Bankautomaten auf. Wie einen Fremdkörper spuckt der Kasten meine Karte wieder aus. Ich überprüfe meinen Kontostand. Als ich den Auszug überfliege, wird mir klar, warum das Gerät sich sträubt, die Miete zu überweisen – mein Konto ist mit knapp fünfhundert Euro belastet, weil mein *Leistungsbezug* nicht erfolgt ist. Ich muss telefonieren, doch ich habe kaum noch Guthaben. Vorm Hotel treffe ich Viktor, er ist am Rauchen. Wenigstens eine Sache macht er konsequent.
„Hast du schon ausgecheckt?", frage ich.
„Nee. Ich warte aufs Geld. Hast es geholt?"

„Nee."
„Wieso nicht?"
„Es gibt da anscheinend ein Problem mit den Jungs vom Arbeitsamt. Gib mal dein Handy."
Er reicht es mir.
„Also, du hast keine Kohle?", fragt er.
„Nein! Du wirst das mit der Rezeptionstussi irgendwie anders regeln müssen ... auf Rechnung oder so."
„Sieht wohl danach aus."
„Ich geh mal eben telefonieren und du klärst deinen Scheiß da drin. Danach treffen wir uns am Wagen, okay?"
Er schnippt seine halb aufgerauchte Zigarette auf den Gehweg.
„Geht klar."
Während ich zum Strand schlendere, bekomme ich über die Auskunft die Nummer vom Arbeitsamt. Es ist angenehm mild. Es hätte ein schöner Tag werden können.

7
Heart's Fear

Mit einem „Die Leitungen sind zurzeit belegt. Bitte haben Sie einen Augenblick Geduld“ werde ich begrüßt, es folgt schwule Musik. Das Meer ist ruhig, eine leichte Brise weht, sehr angenehm. Der Strand ist schon mit den ersten Badegästen verunreinigt. Meine Lederschuhe versinken im Sand. Ich bin der Einzige am Strand in schwarzem Cordanzug. Ich ziehe Blicke auf mich.
„Falls Sie nicht warten möchten, rufen Sie bitte zu einem späteren Zeitpunkt noch einmal an“, ertönt es jetzt. Das hättet ihr wohl gern. Ich werde so lange an diesem verdammten Handy kleben, bis einer von euch Bastarden rangeht, und wenn ich zwischendurch 'ne Sandburg bauen muss.
„Bagis, guten Tag, Sie sprechen mit Frau Petrera.“
Geduld zahlt sich aus – meistens jedenfalls.
„Ja, Buchholz, guten Tag, ich hätte gern Frau Seedorf gesprochen.“
„Frau Seedorf? … Frau Seedorf sitzt in der Leistungsabteilung. Einen Moment bitte, ich verbinde.“
Die schwule Musik belästigt mich weitere drei Minuten.
„Bagis, guten Tag, Sie sprechen mit Herrn Schröder.“
„Ja, Buchholz, guten Tag, ich hätte gern Frau Seedorf gesprochen.“

„Worum geht es denn?"
„Irgendwie wurde mein Geld nicht überwiesen."
Seufzen am anderen Ende der Leitung.
„So, so."
„Ja, könnte ich bitte Frau Seedorf sprechen? Ich habe letztens schon mit ihr gesprochen."
„Geben Sie mir doch erst mal Ihre BG-Nummer."
„Welche Nummer?"
„Die Nummer der Bedarfsgemeinschaft."
„Äh, die hab ich grad nicht bei mir. Ich bin unterwegs."
„Das ist schon mal schlecht. Wie war noch mal Ihr Name?"
„Warten Sie, kann sein, dass in meinem Portemonnaie …"
Ich fingere es aus der Jacketttasche und suche.
„Hallo?"
„Ja, Moment, ich glaub, ich hab hier was … hier steht was … Nummer BG: zwei, eins, vier, null, fünf, BG, null, null, fünf …"
„Halt! Nicht so schnell, also: zwei, eins, vier, null, fünf, BG und dann weiter?"
„Null, null, fünf, sechs, acht, drei, sechs."
„Benedikt Buchholz, wohnhaft Kirchbachstraße einhundert?"
„Ja."
„Könnte ich zum Abgleich bitte noch Ihre Postleitzahl und Ihr Geburtsdatum haben, Herr Buchholz?"
„Die Reihenfolge egal?"
„Bitte?"
„Zwei, acht, zwei, eins, eins und vierter März siebenundsiebzig. Kann ich denn jetzt Frau Seedorf sprechen?"

„Frau Seedorf ist für Sie gar nicht zuständig, sie war nur die Urlaubsvertretung. Für die BG-Endnummern sechs bis acht bin ich zuständig. Sie sind also hier ganz richtig bei mir … so, dann wollen wir mal sehen."
„Ich habe Frau Seedorf letzten Monat bereits über meinen Zuverdienst informiert und auch die entsprechenden Papiere, Verträge und so weiter eingereicht."
„Moment, aus den Unterlagen entnehme ich, dass Sie eine Lesereise machen und jetzt selbstständig sind."
„Lesereise ja. Selbstständig nein."
„Wie meinen Sie das?"
„Na ja, ich sagte Frau Seedorf …"
„Nun hören Sie doch mal mit der Frau Seedorf auf! Die Dame ist für Sie gar nicht zuständig!"
„Niemand anders war ja zu sprechen!"
„Hören Sie, es ist Urlaubszeit und wir sind chronisch unterbesetzt, und ich bin seit gestern erst wieder im Haus."
„Gut, gut, also machen wir's kurz. Ich bin nicht selbstständig. Ich verdiene mir nur aus selbstständiger Tätigkeit etwas dazu."
„Was für eine Tätigkeit?"
„Das sagte ich doch schon. Ich bin auf Lesereise."
„Aha. Lesereise. Und was verdient man damit?"
„Wenn man Roger Willemsen heißt, ein kleines Vermögen … in meinem Fall ein kleines Zubrot."
„So, so. Haben Sie denn einen Folgeantrag eingereicht?"
„Einen was?"
„Den Folgeantrag, um weiterhin Leistungen zu beziehen!"
„Äh, ja, glaub schon, ich hab letzten Monat alles ausgefüllt und eingereicht, was Frau See… äh, was Ihre

Behörde mir geschickt hat … hören Sie, ich wollte keine Probleme machen und auch keine haben, bei mir bleibt vorläufig alles beim Alten, nur dass ich derzeit ein bisschen was dazuverdiene – ich wollte nur korrekt sein, und Sie davon in Kenntnis setzen."

„So, so."

„Ja, und heute hab ich festgestellt, dass nichts überwiesen wurde. Ich wollte nämlich meine Miete überweisen, die ist schon überfällig."

„Tja, das ist hier ein ganz schönes Durcheinander in Ihren Unterlagen, alles sehr undurchsichtig."

„Undurchsichtig? Ich hab doch alles genau aufgestellt, Lesetermine, Honorare …"

„Ja, das mag sein, aber irgendwie … ich finde den Berechnungsbogen auch grad gar nicht … am besten … könnten Sie heute eventuell mal persönlich vorbeikommen, um ein wenig Licht ins Dunkel zu bringen?"

„Licht ins Dunkel!? Mein Fall leuchtet heller als die Sonne!"

Umliegende starren mich an.

„Ja, das sagen Sie, Herr Buchholz. Also, hätten Sie heute Zeit?"

„Das wird schwierig, ich bin noch auf Rügen."

„Auf Rügen?"

„Ja."

„Na, so schlecht kann es Ihnen finanziell dann ja nicht gehen, wenn Sie sich einen schönen Urlaub leisten können. Seine Miete sollte man aber schon überweisen, bevor man in den Urlaub fährt."

„Was?! Hören Sie mir eigentlich nicht zu? Ich bin auf Lesereise, ich habe hier zwei Lesungen auf der Insel! Einen Urlaub hatte ich seit zehn Jahren nicht mehr, wozu auch."

Einige Umliegende beginnen miteinander zu tuscheln.
„Sie brauchen nicht laut zu werden, Herr Buchholz, ich verstehe Sie auch so sehr gut."
„Da bin ich mir nicht so sicher."
„Falls Sie unverschämt werden wollen, kann ich das Gespräch auch gern sofort beenden."
„Schon gut, schon gut."
„Also, soweit ich das sehe, ging Frau Seedorf davon aus, dass Sie in die Selbstständigkeit gewechselt haben, daher wurden die Zahlungen eingestellt."
„Das ist ja schön."
„Na, ob das so schön ist, weiß ich nicht."
„Ich hätte da mal 'ne Frage."
„Nur zu."
„Wenn Frau Seedorf, wie Sie sagen, davon ausging, dass ich in die Selbstständigkeit gewechselt habe und keine Leistungen mehr benötige – warum sollte ich dann noch die ganzen Formulare und Papiere einreichen? Meine finanzielle Situation ginge Sie doch gar nichts mehr an, ich wäre doch raus aus dem *Bezug*. Also, wozu das Ganze?"
„Nun, was oder wie Frau Seedorf das gesehen hat, kann ich nicht beurteilen."
„Na ja, aber es wäre doch nett gewesen, davon zu erfahren. Ich denke nämlich, dass ich da sicher hellhörig geworden wäre, wäre das Stichwort *Zahlungseinstellung* gefallen …"
„Herr Buchholz, wissen Sie oder haben Sie überhaupt eine Vorstellung davon, wie viele Fälle wir hier zu bearbeiten haben? Ich muss Frau Seedorf da ganz klar in Schutz nehmen. Wir können nicht jedem Leistungsbezieher ganz genau im Einzelnen erklären, was in sei-

nem konkreten Fall detailliert geschieht, dafür würde unsere Zeit gar nicht ausreichen."

„Nun ja, aber so eine *Zahlungseinstellung* ist doch schon irgendwie einschneidend. Ich könnte mir schon vorstellen, dass da so manch einer etwas nervös wird, wenn das Geld plötzlich komplett ausbleibt ... aber vielleicht täusche ich mich ja auch."

„Sie brauchen gar nicht so ironisch zu werden. Glauben Sie, nur weil Sie ein Akademiker mit Abschluss sind, sind Sie was Besseres?"

„Was Besseres? Was soll das denn heißen? Mein Magistertitel hat mir bis heute im Übrigen einen Scheiß gebracht, und ähnlich geht es auch anderen Leuten, die ich kenne!"

Wieder ziehe ich Blicke auf mich.

„Nicht in diesem Ton bitte."

„Wie Sie wünschen."

„Guten Morgen, Herr Buchholz", vernehme ich von der Seite. Das Ehepaar von gestern grüßt mich im Vorbeischlendern. Die Frau trägt heute oben ohne! Ich grüße kopfnickend zurück.

„Nun gut, das ist ja eigentlich auch gar nicht mein Zuständigkeitsbereich, das betrifft ja eher Ihre Fallmanagerin ..."

„Äh, Entschuldigung, könnten Sie noch mal wiederholen, was Sie gerade gesagt haben, ich war kurz abgelenkt."

„Ich sagte, dass es nicht mein Zuständigkeitsbereich ist, das betrifft Ihre Fallmanagerin!"

„Aha."

„Also, was ich machen kann: Ich werde Ihren Fall noch einmal eingehend prüfen und mich dann brief-

lich mit Ihnen in Verbindung setzen, in etwa fünf bis zehn Werktagen."
„Soll ich oder reden Sie mit meiner Vermieterin?"
„Bitte?"
„Schon gut ... fünf bis zehn Tage also?"
„Ja, in etwa, wie gesagt, wir sind chronisch unterbesetzt."
„Natürlich. Und dass Sie das Geld erst mal einfach so überweisen geht wohl nicht?"
Es folgt ein abfälliges „Nein, definitiv nicht!".
„Dacht ich mir."
„Noch einen schönen Tag."
„Ja, Wiederhören."
„Auf Wiederhören."

Eine Möwe kreischt oder lacht mich aus. Nachdem ich den Sand aus meinen Schuhen geschüttet habe, gehe ich zum Auto. Viktor kommt einige Minuten nach mir. Er öffnet die Tür und pflanzt sich rein.
„'ne ziemlich nervige Alte an der Rezeption", beginnt er.
„Das bringt der Job so mit sich. Und, alles erledigt?"
„Ja, halbwegs, ich hab nachts wohl noch 'n paar Telefonate geführt."
„Mit wem?"
„Keine Ahnung. Auf jeden Fall kommen auf die siebenundvierzig noch achtunddreißig Euro drauf."
„Achtunddreißig? Wo hast du denn angerufen, 'ne Pornohotline?!"
„Ich sach doch, keine Ahnung, die Tussi meinte, es wären einige Gespräche gewesen, sie hat mir die Abrechnungsliste gezeigt ... ich hab's mir nicht genau an-

geschaut … egal, die schicken mir 'ne Rechnung und das war's dann … hast du 'ne Zigarette?"
Ich gebe ihm eine.
„Sehr sinnlos … du schickst denen 'ne Honorarrechnung und bekommst dafür 'ne Minibar- und 'ne Telefonrechnung."
„Wie lief's bei dir?", fragt er Rauch ausstoßend.
„Fantastisch. Ich bin jetzt selbstständig."
„Ist doch toll."
„Ja, darum wurden die *Leistungen* auch eingestellt."
„Die *leisten* sich ja was."
„Ja, diese Nazis."
„Haben sie dir eigentlich vorher gesagt, dass sie aufhören zu zahlen?"
„Natürlich nicht."
„Ah ja. Und dann wundern sich immer alle, wenn wieder irgendein Papi seine Kinder und die Mutti zerhackt und sich danach selbst wegpustet. In den Nachrichten heißt es dann immer, dass vermutlich familiäre Probleme die unvorstellbare Tat ausgelöst hätten … Woher kommen die wohl? – Wegen dem Scheißgeld. Ist zu wenig da, nörgelt die Frau, nörgeln die Kinder. Hartz IV reicht vorne und hinten nicht. Und dann geschieht noch etwas Unvorhergesehenes, wie das Ausbleiben der Zahlungen, oder die Frau findet einen neuen Typen, es folgt die Scheidung und irgendwann der Ausraster – die Folge: zwei zerhackte Kinder, eine zerhackte Frau und ein Papi, der seine Familie nicht mehr *ernähren* konnte, mit 'ner Kugel im Kopf."
„Apropos Ausraster, du hast mir noch immer nicht erzählt, was deine Nachtwanderung sollte."
„Ich hab das manchmal … so Zustände."

„Zustände?“
„Lass uns fahren. Der Ort hier ist furchtbar, schau dir diese ganzen Idioten an.“
Er zeigt nach draußen.
„Okay.“
Ich starte den Motor.
„Wie viel Kohle hast du noch?“, fragt er.
„So etwa vierzig Euro.“
„Na ja, besser als nichts.“
„Ja, besser als nichts.“

8
Fenster zum Hof

Für die knapp dreizehn Kilometer von Binz nach Sellin brauchen wir eine halbe Ewigkeit, da auf der einzigen Bundesstraße ein verdammter Trecker liegen geblieben ist und die Fahrspur blockiert. Am frühen Nachmittag treffen wir ein. Zwei riesige aus Stein gemeißelte Löwen bewachen die Einfahrt. Vor uns erhebt sich ein gigantischer Block, der von außen eher wie ein riesiger Sozialbau als wie ein Hotel aussieht, daneben ein langgestreckter Anbau.

„Der Laden hier ist ja noch protziger", bemerkt Viktor.

„Ja, früher waren hier Honecker und seine Jungs."

„Echt? Auf Urlaub?"

„Glaub schon. Die ganze Anlage war so 'ne Art SED-Prestigeprojekt."

„Echt? Woher weißt du das?"

„Hab ich irgendwo gelesen."

Viktor schaut sich neugierig um.

„Deine Schrottkarre fällt hier zwischen den ganzen Bonzenkisten ganz schön auf", verkündet er.

„Na ja, ich hatte sowieso nicht vor, direkt vorm Eingang zu parken. Ich fahr mal lieber weiter hinten auf den Parkplatz."

„Ist vielleicht besser."

„Und lass uns diesmal bitte versuchen, nicht aufzufallen. Wäre das möglich?"
„An mir soll's nicht liegen."
„Schön zu hören."

Wir betreten die Lobby, viel Marmor, viel Eleganz, viel Dekadenz.
Ich wende mich an einen aalglatten jungen Mann mit kurzem Igelhaarschnitt an der Rezeption.
„Guten Tag, mein Name ist Buchholz, wir kommen wegen der Lesung."
„Ja, einen Moment, unser Veranstaltungsverzeichnis für diesen Monat haben wir hier ... bitte sehr."
Er überreicht mir eine zusammengefaltete Hochglanzbroschüre.
„Äh, nein, Sie missverstehen. Ich bin der Autor für heute Abend."
Der Igelschnitt legt die Stirn in Falten.
„Oh, davon weiß ich jetzt gar nichts. Weißt du etwas darüber?", wendet er sich an eine groß gewachsene Brünette, die leicht gebückt neben ihm steht und gerade etwas auf einen Block notiert. Sie blickt auf, mustert mich kurz und senkt ihren Blick sofort wieder, um sich erneut ihren Aufzeichnungen zu widmen. Es folgt ein knappes „Nein".
„Ähm, ich habe mit Frau ... mit äh ... Frau Amorin den Termin heute ausgemacht."
„Ah, Frau Amorin, ja einen Moment bitte."
Der Rezeptionsmensch greift zum Telefon.
„Ja, Frau Amorin ... ein Herr Buchels ist hier wegen einer Lesung heute Abend ... ja, in Ordnung, richte ich aus ... ja." Er legt auf. „Sie möchten sich bitte noch ei-

nen Augenblick gedulden … Sie können dort vorne so lange Platz nehmen, Herr Buchels." Er weist auf eine einladende riesige Ledercouch. „Frau Amorin ist sofort bei Ihnen."
„Danke."
„Keine Ursache."
Viktor grinst mich an.
„Du machst das schon klar, Herr Buchels, oder?", flüstert er amüsiert. „Ich schau mich mal 'n bisschen um."
„Okay, bis später."

Eine dickliche kleine Dame kommt energisch auf mich zugestürmt.
„Neeein, bleiben Sie ruhig sitzen, Herr Buchholz … Amorin, hallo", begrüßt sie mich resolut mit einem unglaublich festen Händedruck.
„Buchholz, hallo."
„Na, da haben Sie aber schönes Wetter mitgebracht … das gestern war ja wohl nix."
Sie setzt sich dicht neben mich auf die Couch. Diese Frau hat keine Probleme mit Nähe. „Warn Se schon im Meer?"
„Wir sind gerade erst angekommen."
„Ah ja, natürlich … und Ihr Vorleser, wo haben Se den versteckt?"
„Der ist hier irgendwo und bewundert das Hotel."
„Na, das freut mich aber, dass es Ihnen hier bei uns gefällt … da haben wir ja auch gleich die passende Überleitung."
„Ja?"
„Herr Buchholz, wir haben da ein Problem."
Was kommt jetzt schon wieder?

Sie rückt noch ein Stück näher an mich heran. Ich rieche ihr Parfüm; aufdringlich, aber erträglich.
„Also, Herr Buchholz …"
Nun rück's schon raus!
„… unser Stamm-Kabarettistenduo hat kurzfristig den morgigen Termin abgesagt."
„Oh."
„Ja, unmöglich, viel zu spät, normalerweise sind die beiden immer … äh, kennen Sie die zufällig: *Hoffmann & Wacholder*?"
Hoffmann & Wacholder! Na klar, wer kennt sie nicht!
„Äh, ich bin mir nicht sicher, ich glaub nicht."
„Na ja, egal, wie gesagt, normalerweise sind die immer absolut zuverlässig, aber diesmal … also, die haben gestern einfach überraschend den Termin gecancelt. Die Gründe möchte ich lieber gar nicht nennen … jedenfalls stehen wir da jetzt vor einem Dilemma."
„Hm."
„Ja, gerade der Samstag, also morgen, ist unser wichtigster Veranstaltungstag … da ist immer einiges los … das geht einfach nicht, dass wir den Gästen sagen: Tut uns sehr leid, aber wir haben heute kein Abendprogramm. Verstehen Sie?"
„Verstehe."
„Also, um's kurz zu machen, Herr Buchholz …"
Sie kommt jetzt noch ein Stück näher an mich heran.
„… wäre es Ihnen eventuell möglich, zweimal aufzutreten?"
„Sie meinen …"
„Ich meine, heute Abend und dann morgen noch mal … oder haben Sie anderweitige Termine?"
„Äh, nein, also, im Grunde …"

„Ach, bevor ich es vergesse, Sie bekommen, das versteht sich natürlich von selbst, beide das doppelte Honorar und als Bonus, oder vielmehr als kleine Aufmerksamkeit, würden Sie auch noch eine Nacht länger bleiben dürfen."
„Sie meinen, bis Sonntag?"
„Nein, ich meine, bis Montag", verkündet sie über das ganze Gesicht strahlend. „Das habe ich mit dem Chef so ausgemacht, weil Sie uns da ja morgen wirklich aus der Patsche helfen würden."
„Na, da kann ich ja wohl schlecht Nein sagen …" Die Miete? Das Arbeitsamt? Egal!
„Das ist ja wunderbar, Herr Buchholz!", ereifert sie sich. „Ich sage es Ihnen ganz ehrlich, ich hätte so schnell, also bis morgen, auch sicher keinen Ersatz gefunden. Und dazu kommt morgen auch ein ganzer Schwall neuer Gäste."
„Ich müsste da natürlich noch mit meinem Kollegen drüber sprechen …"
„Ja, natürlich."
„… aber das dürfte wohl kein Problem sein."
„Das finde ich ganz toll von Ihnen … na, dann besprechen Sie das mal mit Ihrem Kollegen, wenn Sie den wiedergefunden haben … unser Hotel ist ja nicht gerade klein."
„Der wird sich schon bemerkbar machen."
„Na wunderbar, dann wünsche ich Ihnen einen schönen dreitägigen Aufenthalt bei uns." Sie erhebt sich. „Und wenn Sie die Zeit finden, gehen Sie unbedingt schwimmen. Das Meer um diese Jahreszeit ist herrlich, nicht so eine Badewannenbrühe wie das Mittelmeer, solide siebzehn bis zwanzig Grad … das macht einen richtig frisch."

„Werd' dran denken."
„Na dann, bis heute Abend."
„Ja, bis dann."
Wieder überrascht sie mich mit ihrem starken Händedruck. Hoffentlich konnte ich mithalten. Darauf verschwindet die kleine Frau so schnell, wie sie gekommen ist.

Ich finde Viktor vor einem riesigen Aquarium, in dem eine Menge Fischzeug vor sich hin schwimmt.
„Doppeltes Honorar, drei Übernachtungen – klar, warum nicht", ist sein knappes Statement.
Wir lassen uns die Schlüssel geben und gehen auf unsere Zimmer. Viktor muss in den fünften Stock. Mein Zimmer liegt im dritten mit Blick auf den Innenhof, in dem ein gigantisches Schachfeld aufgebaut ist. Der Raum ist wie erwartet luxuriös ausgestattet. In einem Brief, der neben einer schmalen Vase mit Rose auf dem Nachttisch liegt, wünscht mir der Chef einen schönen und erholsamen Aufenthalt. Die Toilette ist so übertrieben sauber, dass es fast unangebracht scheint, hier einen Haufen zu setzen. Ich gehe duschen und fühle mich angesichts der sterilen Sauberkeit des Bades danach fast noch dreckiger. Das Zimmertelefon klingelt. Ich gehe ran. Es ist Viktor.
„Ich hab Zahnseide zwischen den Zähnen!"
„Was?"
„Zahnseide!"
„Das freut mich für dich."
„Sie ist abgerissen und hängt zwischen meinen Backenzähnen fest!"
„Hübsch. Wie gefällt dir dein Zimmer?"

„Die Aussicht ist okay. Weißt du, dass so ein Zimmer hier in der Saison fast zweihundert Euro pro Nacht kostet?"
„Na ja, das ist wohl so üblich in Fünfsternehotels."
„Das ist total krank, Mann, wer macht denn so was?"
„Leute, die sich keine Gedanken übers Geld machen brauchen, oder – was vielleicht schlimmer ist – Leute, die sich Gedanken übers Geld machen müssen, aber trotzdem wenigstens einmal im Jahr einen *schönen Urlaub* haben wollen, weil sie ja die ganze übrige Zeit arbeiten müssen."
„Ich hab's raus!"
„Hä?"
„Die Zahnseide."
„Glückwunsch."
„Das Scheißzeug benutz ich nie wieder … wann ist die Lesung?"
„In knapp vier Stunden."
„Okay, dann hau ich mich noch mal hin."
„Ja, aber bleib in deinem Zimmer."
„Sehr witzig, bis später."
„Bis später."
Ich lege auf und schalte den Fernseher ein. Wenigstens funktionieren Fernbedienungen in Fünfsternehotels besser.

Die Lesung läuft gut. Nach dem Zwei-Personen-Desaster vom Vorabend ist sie mit knapp fünfzehn Leuten recht zufriedenstellend besucht. Und bis auf Viktors pampige Antwort „Das würde Sie sowieso nicht interessieren!" auf die Frage einer älteren Frau, was er denn neben dem Vorlesen beruflich mache, hat er seine Sache mal wieder gut gemacht. Ich muss mir, wie so oft, die Frage anhören, warum ich denn nicht selber lese. Mein „Weil ich dazu keine Lust habe“ ist wahrscheinlich auch kein rhetorisches Glanzstück. Nach der Lesung organisiert uns Frau Amorin zwei Gläser Bier vom Fass, die aufs Haus gehen, wie sie stolz erklärt. Nach einem höflichen Geplauder mit ihr finde ich mich gegen elf in meinem Zimmer wieder. Müde, aber entspannt trete ich auf den Balkon hinaus. Ich zünde mir eine Zigarette an und genieße die Abendluft. Drinnen klingelt das Telefon. Ich gehe rein und greife mir den Hörer. Es ist Viktor, wer sonst.

„War okay heute, oder?“

„Ja, passte schon.“

„Willst du noch was machen?“

„Glaub nicht, bin müde.“

„Ich auch … und ich werde auch die Finger von der Minibar lassen.“

„Weise Entscheidung.“

„’ne Frau wäre jetzt nicht schlecht.“

„Tja.“

„Egal, Nacht.“

„Nacht.“

Ich lege mich aufs Bett und starre auf den ausgeschalteten Fernseher. Ein Jahr ist es jetzt her, dass ich Milja am Flughafen verabschiedet habe. Ihr blasses enttäuschtes Gesicht ist das Letzte, was mir in Erinnerung blieb. Sie war keine typische Schönheit, und doch war sie für mich schöner als die meisten Frauen. Wie oft hatte sie mich gebeten mitzukommen. Ich hatte immer abgelehnt. Wie oft hatte ich sie gebeten zu bleiben. Sie hatte immer abgelehnt. Von Anfang an hatte sie mir gesagt, dass sie wieder gehen würde. Sie würde vielleicht irgendwann ihre Meinung ändern, dachte ich. Sie änderte ihre Meinung nicht. Sie fragte mich, was mich hier hielte. Nichts, sagte ich, aber trotzdem, was sollte ich dort? Mit ihr leben, sagte sie. Ich sagte, ich wollte mit ihr leben, aber hier. Wie heißt es immer so schön: Liebe überwindet Grenzen; aber leider nicht die eigenen. Milja hatte ein Kind, einen Jungen. Ich mochte ihn, er war aufgeweckt, klug und liebenswert, wie seine Mutter. Aber ich wollte kein Kind. Ich wollte Schriftsteller sein, ein richtiger Schriftsteller, ein ernstzunehmender Schriftsteller. Sie sagte, du kannst doch überall schreiben. Ich sagte, möglich, aber es wäre nicht das Gleiche. Sie sagte, dein Schreiben ist überall da, wo du bist. Ich hatte es damals nicht verstanden. Milja war klüger als ich.

Ich stehe auf und gehe wieder auf den Balkon. Ich muss eine rauchen. Das Inhalieren des Rauchs tut gut. Vielleicht tut es auch gar nicht gut, aber definitiv lenkt es ab. Was bin ich für ein Schriftsteller? Ich habe in neun Jahren bloß ein dünnes Buch zusammenbekommen; das ist bisher mein kümmerliches Vermächtnis. Und dass ich jetzt in diesem noblen ehemaligen SED-Palast residiere und es Besserverdienenden vorlesen lasse, verdanke ich nur meiner Hartnäckigkeit und einigen glücklichen Zufällen. Es ist erbärmlich. Miljas Antlitz werde ich niemals aus meinem Gedächtnis streichen können. Es wird mich immer wieder auf den vielleicht größten Fehler meines Lebens hinweisen. Ich habe immer noch ihre Nummer. Nur ein paar Klicks, und ich könnte mit ihr sprechen. Zwei Mal hab ich sie

angerufen, kurz nachdem sie abgereist war. Es änderte nichts; sie bat mich zu kommen, ich bat sie zu kommen. Sie wünschte mir Glück (von ganzem Herzen!), ich tat es ihr gleich. Sie sagte, Mika würde mich vermissen. Sie ließ nicht zu, dass sie weinte. Ich hätte es zugelassen, aber seit ich zwölf war, weiß ich nicht mehr, wie das geht. Ich sagte, ich vermisse ihn auch. Es war nicht gelogen, aber ich wollte kein Kind. In dem Moment wollte ich nur sie und ich wollte sie bei mir. Ein Jahr ist das jetzt her.
Ich schalte den Fernseher ein. Die Elf-Uhr-Nachrichten laufen. Die drei Top-Meldungen des Tages: Explosion in Ankara, sieben Tote … die nächste Finanzkrise droht … ein Regionalzug bei Detmold entgleist, vierzehn Verletzte, einer schwer. Die Nachrichten beginnen mit der Krise des Euro (nur das Geld spaltet die Welt), es folgt der aus den Schienen geratene Regionalzug. Am Ende kommt man kurz auf die Türken zu sprechen, die bei dem mutmaßlichen Anschlag umgekommen sind. Genaueres konnte noch nicht geklärt werden. Mit der Fernbedienung in der einen und meinem Handy in der anderen Hand schlafe ich ein.

9

Schneller Abgang

Viktor holt sich schon den dritten Teller.
„Hast du gesehen, die haben hier fast zehn Sorten Fisch!"
„Fisch zum Frühstück ist nicht so ganz mein Ding", sage ich und beiße vom grandios schmeckenden Buttercroissant ab.
„Zehn Sorten Fisch, das ist echt der Hammer", wiederholt er.
„Dir ist schon klar, dass du nicht alles essen musst."
„Ich hab schon seit Monaten keinen Fisch mehr gegessen", entgegnet er und schiebt ein Stück Lachs an den Rand des überfüllten Tellers, damit es nicht mit seinem Marmeladenbrötchen kollidiert. Viktor wirkt so begeistert wie ein Kind, das zum ersten Mal in einem gigantischen Spielwarenladen steht.
„Ich gebe ja zu, es lässt sich hier aushalten ... wenn die Lesung heute Abend auch noch gut durchgeht, wäre das schon entspannend."
„Warum sollte sie nicht? Diese reichen Säcke fühlen sich bestimmt besser, wenn sie sich abends 'ne Prise Kultur reinpfeifen und ..."
„Mann, sprich leiser."
„Piss dir mal nicht in die Hose ... wir ziehen das heute Abend locker durch und dann wird noch 'n Tag Ur-

laub drangehängt – ach so, was ist eigentlich mit deiner Arbeitsamtssache?“

„Was soll schon sein, ein Haufen Unannehmlichkeiten, wenn ich wieder zu Hause bin.“

„Du machst das schon.“

Einen Moment schweigen wir.

„Gestern Nacht hätte ich fast Milja angerufen.“

Er sieht mich einen Moment unverwandt an.

„Du hättest mit ihr fahren sollen.“

„Nach Helsinki?“

„Egal, wohin. Dieser Frau hättest du folgen sollen, überallhin … auch wenn sie 'n Kind hatte.“

„Das Kind war ganz in Ordnung.“

„Na siehste.“

Ich habe keinen Hunger mehr und lege ein Stück Tomate zurück auf den Teller.

„Sprechen wir von was anderem.“

„Von was denn?“

„Keine Ahnung.“

„Na gut, ich hab gesehen, dass die hier mindestens zwanzig Sorten Wurst und Schinken haben“, sagt er und deutet Richtung Buffet.

„Na bitte, dann zieh dir mal alles rein.“

Viktor wird plötzlich blass.

„Was ist? Ist dir schlecht?“

„Was?“, fragt er, wie aus einer Art Spontankoma erwacht.

„Musst du kotzen? Ich hab dir ja gesagt, friss nicht alles durcheinander.“

„Äh, nein … ich dachte nur gerade … ich hätte da jemanden gesehen.“

„Wen?“

„Was?“

„Wen?!“
„Egal, hab mich, glaub ich, getäuscht.“
„Okay, ich will bald mal an den Strand, isst du deinen Teller noch auf oder was?“
„Nein, ich glaub, ich hab genug … wir können gehen.“
„Na, dann lass mal los.“

Frau Amorin hat recht behalten. Die Lesung am Abend ist gut besucht. Was meine Zufriedenheit allerdings trübt, ist die Unaufmerksamkeit der Besucher. Sie kommen und gehen, wie es ihnen gefällt. Einige schnuppern kurz rein und verschwinden wieder. Andere bleiben eine Weile und gehen dann mitten in einem Kapitel hinaus, und viele von denen, die geblieben sind, tuscheln ungeniert miteinander. Viktor hat sich gegen diese Bahnhofsatmosphäre anfangs professionell behauptet, doch nach der Pause liest er plötzlich unkonzentriert, sieht auf einmal blass und kränklich aus, lässt einige Passagen einfach ganz weg und bricht den Text schließlich vorzeitig ab, was niemand bemerkt. Als ich mich zur Diskussion neben ihn setze, entschuldigt er sich knapp und verlässt den Raum. Ich versuche den Eindruck zu vermitteln, dass es üblich und normal sei, unsere Lesungen auf diese Weise zu beenden. Da sich, bis auf die obligatorische Frage nach dem Autobiografischen, kein Dialog mit dem Publikum entwickelt, beende ich den Abend und verschwinde ebenfalls. Ich suche Viktor an der Bar. Dort ist er nicht. Auf dem Weg zu meinem Zimmer kommt mir Frau Amorin entgegen.
„Na, Herr Buchholz, die war doch diesmal richtig gut besucht, Ihre Lesung.“

„Ja, schon."
„Aber?"
Diese Frau hat Menschenkenntnis und spürt sofort, wenn irgendwas nicht stimmt.
„Nun ja, es war ein bisschen nervig, dass während der Lesung immer wieder Leute rein- und rausliefen."
„O ja, Herr Buchholz, das ist hier samstags oft so. Die Frischangekommenen wollen sich, wenn möglich, alles auf einmal anschauen … und dann sehen sie, im Clubraum ist eine Veranstaltung und da sind Leute, und schon setzt der Herdentrieb ein."
„Aha."
„Ja ja, und wenn sie dann bemerken, dass da nur … also das nur in Anführungszeichen gesetzt … eine Lesung stattfindet, worauf sie eigentlich gar keine Lust haben, schon gar nicht im Urlaub, dann gehen die einfach wieder, verstehen Sie?"
„Ja, verstehe, natürlich."
„Haben Sie denn ein paar Bücher verkauft?"
„Nein, leider nicht."
„Na ja, kann man ja auch nicht jedes Mal." Sie lacht. „Bei Ihrer nächsten Lesung verkaufen Sie dann bestimmt ganz viele."
„Bestimmt."
„Ja, und danke noch mal, dass Sie und Ihr Vorleser heute Abend eingesprungen sind."
„Natürlich, das war kein Problem."
„Freut mich."
Da ich nicht weiß, was ich mit der Frau sonst noch reden soll, frage ich, ob sie Viktor zufällig gesehen hat.
„Ja, habe ich", ist die überraschende Antwort. „Ihr Kollege hat ziemlich eilig das Hotel verlassen … ich

glaube, er hat mich gar nicht gesehen … er wirkte etwas gehetzt.“ Sie lacht; aber nicht mehr ganz so herzlich wie zuvor.
„Ah, danke, dann weiß ich Bescheid … er wollte, glaube ich, noch irgendwas aus dem Auto holen“, lüge ich sinnlos.
„Tja, man vergisst immer irgendwas, hab ich recht?“
Sie lächelt und betrachtet mich prüfend.
„Ja ja … ich werde mal sehen, ob ich ihn draußen finde.“
„Tun Sie das mal, Herr Buchholz … ich wünsche Ihnen jedenfalls noch einen angenehmen Abend.“
„Ja, danke, Ihnen auch.“

Ich finde Viktor draußen nicht. Vorerst entscheide ich mich dagegen, aufs Zimmer zu gehen, obwohl sich dort mein Handy befindet und ich ihn anrufen könnte, und kehre zurück an die Bar. Ich gönne mir ein Abendpils. Danach gehe ich zu seinem Zimmer. Auch dort ist er nicht, oder er reagiert nicht auf mein Klopfen, was ich für unwahrscheinlich halte. Auf meinem Zimmer überprüfe ich mein Handydisplay. Keine Anrufe, keine Nachrichten. Ich rufe ihn an. Mailbox. Zum Teufel mit ihm, ich bin nicht sein verdammter Papi. Soll er sich melden, wann er will. Trotzdem beschäftigt mich, wo er sein könnte. Neugier ist eine lästige Eigenschaft. Ich schalte den Fernseher ein. Fernsehen lenkt ab. *Man lebt nur zweimal* läuft; was für ein Trash, aber dennoch ganz unterhaltsam. Um halb eins stört mich eine SMS beim Einschlafen. Sie ist von Viktor und hat folgenden Wortlaut: *Sorry für meinen abrupten Abgang, sehen uns morgen beim Frühstück. V*

Ich lösche die Nachricht und habe die Eingebung, Milja eine zu schicken. Natürlich tue ich es nicht. Einer Frau, mit der man drei Jahre zusammen war, die man mutmaßlich geliebt hat, womöglich immer noch liebt und die man ein ganzes verfluchtes Jahr nicht gesehen, geschweige denn gesprochen hat, schickt man keine verdammte unpersönliche SMS. Es sei denn, man ist ein Idiot. Ich bin ein Idiot, aber das muss ich ja nicht jedes Mal unterstreichen. Ich schalte das Handy und den Fernseher aus und schließe die Augen.

10
Matt

Beim Frühstück ist nicht viel aus Viktor rauszukriegen. „Ich musste da raus, 'nen freien Kopf kriegen", ist eine seiner typischen Floskeln, mit denen er meinen neugierigen Nachfragen ausweicht. Er wirkt gereizt und angespannt, als läge er ständig auf der Lauer, zudem sieht er krank und immer noch sehr blass aus. Er will sich zum Ausruhen auf sein Zimmer zurückziehen, um dort ein paar „klare Gedanken zu bekommen". Was für Gedanken, frage ich mich. Sein Getue geht mir auf die Nerven, und wir gehen an unserem letzten Tag getrennte Wege. Ich beherzige Frau Amorins Tipp, in die Ostsee zu springen. So lässt es sich aushalten.

Am späten Nachmittag treffe ich am Fahrstuhl auf Frau Amorin.
„Na, Herr Buchholz, Sie haben ja ordentlich Farbe bekommen."
„Ja, das lässt sich da draußen nicht verhindern."
„Ihr Kollege sieht aber immer noch ganz schön blass aus."
„Der kränkelt ein bisschen und will heute lieber auf'm Zimmer bleiben."
„Oh, wirklich? Vor einer halben Stunde habe ich ihn gesehen, wie er ins Schwimmbad ging …"

„Ach, tatsächlich."
„Ja, er hat sich dort mit einem Herrn unterhalten, und dann ist er schwimmen gegangen."
Woher weißt du das alles? Bespitzelst du deine Gäste?
„Sie müssen nämlich wissen, mir entgeht hier nichts", sagt sie spitzbübisch lächelnd, als ob sie meine Gedanken lesen könnte.
„Und wenn Ihr Kollege ins Schwimmbad geht, dann scheint es ihm ja Gott sei Dank wieder besser zu gehen – obwohl, er sollte vielleicht einfach mal mehr nach draußen gehen, an den Strand. Die Seeluft hier wirkt wahre Wunder."
„Ich werde es ihm ausrichten."
„Ja, machen Sie das mal. Wissen Sie, ich arbeite hier jetzt seit knapp dreißig Jahren …"
Dann dürftest du ja sogar noch Honecker und seine Jungs bespitzelt haben!
„… und bis auf eine verschleppte Mittelohrentzündung bin ich nie krank gewesen."
„Das klingt erfreulich."
„Unterschätzen Sie die Seeluft nicht. Die gibt Kraft."
„Ich weiß."
„Ihr Fahrstuhl", sagt sie und weist auf die offen stehende Tür.
„Ja, also bis dann."
Ich steige ein. Frau Amorin bleibt lächelnd vor dem Fahrstuhl stehen, bis sich die Türen schließen.
Ins Schwimmbad? Er will nicht an den Strand, aber ins Schwimmbad!? Wollte er nicht auf seinem verdammten Zimmer bleiben? Egal, seine Sache. Ich jedenfalls beschließe am frühen Abend, eine Autotour zu machen, um mir Rügen ein wenig genauer anzusehen.

Da ich der Insel, abgesehen vom Meer, nicht viel abgewinnen kann, befinde ich mich gegen zehn Uhr wieder auf meinem Zimmer und schaue eine Talkshow, in der Rolf Hochhuth wirres Zeug redet. Das Alter macht uns irgendwann alle zu Affen. Ich zappe durch die Kanäle. Auf ARTE läuft *Das Mädchen aus der Streichholzfabrik.* Eine unglaubliche Sehnsucht überkommt mich plötzlich. Ich nehme das Handy und wähle Miljas Nummer. Das Signal tutet … einmal … zweimal … dreimal … (sie hat ihr Handy bestimmt mal wieder nicht griffbereit) … viermal …

„Hei!"

„Milja?"

„Kyllä."

„Hier ist Benedikt."

„Hallo Benedikt. Mitä kuuluu?"

„Äh … danke, gut. Und dir?"

„Ist gut … ja … es ist alles wirklich gut."

„Schön, freut mich … äh, ich bin gerade auf Lesereise und …"

„Auf was bist du?"

„Auf Lesereise! Und grad auf'm Hotelzimmer und …"

„Ja?"

„Also, im Fernsehen läuft hier gerade *Das Mädchen aus der Streichholzfabrik* …"

„Was?"

„Das Mädchen aus der Streichholzfabrik!"

„Ah ja … hast du nur angerufen, um mir das zu sagen?"

„N-nein … ich hatte … ich hatte auf einmal Lust, dich zu sprechen."

„Okay."

„Ja, ich war mir nicht sicher, ob's gerade passt … ich bin auf Rügen."
„Rügen?"
„Ja."
„Und?"
„Ist in Ordnung."
„Dann läuft dein Buch gut?"
„Ja, geht so."
„Schreibst du noch?"
„Nein."
„Warum nicht?"
„Weiß nicht."
„Du wolltest aber schreiben?"
„Ich … äh … wie geht es Mika?"
„Gut … er geht jetzt seit einer Woche in die Schule … er ist ganz begeistert."
„Schön, und bei euch ist die bestimmt besser als bei uns."
„Ja, weiß nicht, vielleicht. Jetzt schläft er jedenfalls."
„Äh, ja, natürlich … entschuldige, dass ich so spät noch anrufe, aber …"
„Kein Problem."
„Also, eigentlich weiß ich gar nicht genau, warum ich dich angerufen habe …"
„Du weißt es nicht?"
„Ja, wahrscheinlich, weil ich dachte …"
„Geht es dir wirklich gut, Benedikt?"
„Ja, natürlich, alles ist gut, also nur …"
„Ja?"
„Ich mein …"
Ich nehme all meinen Mut zusammen, und ohne groß darüber nachzudenken sage ich:

„Vielleicht sollte ich kommen."
„Kommen?"
„Na ja, zu dir, ich meine *euch*."
Pause.
„Milja?"
„Ich denke, das wäre keine so gute Idee."
„Verstehe."
„Ja, außerdem bin ich – wie sagt man bei euch auf Deutsch so schön – bin ich jetzt *gebunden*."
Natürlich, wie konnte ich nur so naiv sein. Ein Jahr ist vergangen. Frauen finden da schnell was Neues. Ich habe im vergangenen Jahr kaum mit einer Frau gesprochen, und sie dagegen hat schon einen neuen Lover.
„Verstehe … freut mich für dich."
„Danke dir."
„Grüß Mika bitte von mir."
Pause.
„Ich glaube, lieber nicht … er hat ganz schön gelitten, weißt du, er mochte dich nämlich sehr. Und er brauchte viel Zeit, um zu verstehen, dass du … dass du nicht mehr kommen würdest … ich möchte ihn jetzt nicht verwirren, ihm das nicht noch einmal zumuten."
„Ja, okay, vielleicht hast du recht."
„Benedikt?"
„Ja."
„Ich wollte dir nur sagen … wir hatten eine wirklich schöne und glückliche Zeit zusammen."
„Ja, ich weiß."
„Und du hast dich entschieden … und ich hab mich entschieden."
„Ja."

„Und jetzt sollte jeder von uns auch zu seiner Entscheidung stehen, und sich nicht an etwas klammern, das es so nicht mehr gibt … kannst du das akzeptieren?“
Sie spricht von uns, meint aber mich. Für sie ist das Thema durch!
„Ja, kann ich.“
Was sollte ich auch sonst sagen? Jag deinen Stecher zum Teufel!
„Benedikt?“
„Ja.“
„Es war gut, solange es dauerte.“
„Ja, war es wirklich.“
Kurze Pause.
„Ich wünsche dir alles Gute.“
„Das wünsche ich dir auch … mach's gut.“
„Ja, du auch … leb wohl!“
„Tschüss.“

Ich beende das Gespräch, indem ich das Handy ausschalte. Das war eine Schnapsidee. Ich erinnere mich plötzlich an eine ihrer Thesen: Männer, die mit Helm Fahrrad fahren, können nicht gut im Bett sein. Warum, hatte ich gefragt. Darum, hatte sie geantwortet. Schnapsidee. Ich öffne die Minibar und greife mir ein Wodkafläschchen. Gerade als ich zum Trinken ansetze, höre ich einen durchdringenden Schrei. Ich meine sogar, im Augenwinkel etwas vor dem Fenster vorbeifliegen gesehen zu haben. Ein dumpfer Aufschlag folgt. Sofort stürze ich auf den Balkon, schaue hinunter, und tatsächlich: Mitten auf dem beleuchteten Schachfeld liegt ein glatzköpfiger kleiner älterer Mann, wie eine geschlagene Schachfigur. War der Opa gestern nicht sogar auf unserer Lesung? Ich erinnere mich an das auffällige grellgelbe Tweedsakko. Menschen schreien auf. Ich blicke mich um. Auf einigen Balkonen stehen jetzt Leute und schauen geschockt hinunter. Frauen halten sich entsetzt die Hand vor den Mund, so haben sie sich ihren Fünf-Sterne-Urlaub sicher nicht vorgestellt, obwohl, zu Hause werden sie jetzt etwas zu berichten haben. Unten beugen sich einige Urlauber über den bewegungslosen Körper. Ich erkenne, dass Blut aus seinem Kopf oder Mund herausläuft. Bedienstete laufen aufgeregt gestikulierend hin und her. Ich sehe Frau Amorin; auch sie hält sich die Hand vor den Mund und schüttelt ungläubig den Kopf. Viktor! Ich muss Viktor anrufen. Bestimmt hat er mal wieder nichts mitbekommen.

11
Zitterpartie

Nur raus hier! Und weg mit der Kappe und den Handschuhen. Scheiße, fast gestolpert. Gott sei Dank ist der Flur leer, die meisten sind wahrscheinlich unten oder auf den Balkonen. Mir ist schwindlig. Schnell aufs Zimmer. Behalt die Nerven, du hast sie eben auch behalten. Beruhige dich, atme regelmäßig! Nur noch schnell die Treppe runter und dann noch knapp zwanzig Meter. Der Schlüssel! Wo ist der verfluchte Zimmerschlüssel? Hosentasche! Gott sei Dank. Okay, ich bin unten, da vorne ist die Tür.
Nur noch den Schlüssel ... Hör auf zu zittern, zittern ist nicht sehr hilfreich. Die Tür ist offen, rein, die Tür zu. In Sicherheit! Allein, abgeschottet! Badekappe, Handschuhe, wohin? Egal, auf den Boden. Kann mich später drum kümmern. Das Telefon klingelt! Klingelt es schon die ganze Zeit? Ich muss rangehen. Sonst könnte es verdächtig sein. Hör auf zu zittern! Beruhige dich! Es ist vorbei. Es ist geschehen. Und es war richtig.
„Viktor!“, dröhnt es aus der Leitung. „Hallo, Viktor!!“
„Ja.“ Mein „Ja“ hört sich sehr entfernt an.
„Mann, warum dauert das so lang? Hast du schon gepennt?“
„Äh, nein, ich ... äh ... ich war auf'm Klo.“

„Da ist ’n Opa vom Balkon gestürzt! Genau über mir! Ich hab den noch am Fenster vorbeirauschen sehen … wie in diesem Monty-Python-Sketch!“
Versuch wenigstens ein bisschen überrascht zu klingen und hör endlich auf zu zittern!
„Echt?“ Das klang nicht sehr überzeugend.
„Ja klar echt! Aus’m fünften oder sechsten Stock … mitten aufs Schachfeld. Hast du gar nichts gehört, du wohnst doch über mir, der hat ziemlich laut gebrüllt.“
„Nee, hab ich nicht.“ Mir versagt fast die Stimme. Ich räuspere mich. Ich brauche was zu trinken und ’ne Kippe. Wo sind die verdammten Zigaretten?
„Der liegt da in seinem eigenen Blut.“
„Aha.“ Es schnürt mir die Kehle zusammen.
„Aha!? Glaubst du mir nicht? Kannst ja selbst gucken! Was meinst du, was da unten gerade abgeht. Die Amorin läuft da auch rum, scheint mit den Nerven völlig fertig zu sein – ach ja, und der Opa war, glaub ich, gestern kurz auf unserer Lesung. Erinnerst du dich an so ’nen Glatzkopf in so ’nem pissgelben Tweedjackett?“
„Weiß nich genau …“ Hör auf zu zittern!
„Ich glaube, der kam auch später rein und ist dann kurz vor dir abgehauen … was die Aktion übrigens sollte, könntest du mir eigentlich auch noch mal erklären … ach, scheißegal, ich will’s gar nicht mehr wissen, ist ja dein Psychokram.“
Von draußen höre ich Sirenen. Polizei?
„Ah, jetzt kommt die Kavallerie“, bemerkt Benedikt aufgeregt. „Mich würde echt mal interessieren, ob der Opi sich umgebracht hat, oder ob er da runtergefallen ist … so blöd kann man ja eigentlich gar nicht sein … obwohl, die Brüstung auf den Balkonen ist ganz schön niedrig.“

„Ja, das stimmt“, höre ich mich sagen. Ich entdecke meine Zigaretten auf dem Fußboden.
„Egal, ich geh noch mal ’n bisschen gaffen. Du kannst dir das ja auch alles angucken … musst nur auf’n Balkon raus … pass auf, dass du nicht runterfällst, ha, ha.“
„Werd’ ich machen …“
Nun leg endlich auf, lang halte ich das nicht mehr aus!
„Okay, wir sehen uns morgen beim Frühstück … so gegen neun?“
„Was? Ja ja, neun is gut.“
„Alles klar bei dir?“, fragt Benedikt plötzlich skeptisch. „Ich mein, die ganze Zurückziehaktion heute, und … du bist doch nicht schon wieder dabei, die Minibar leer zu saufen?“
„Was? Nein … ich hab nur …“ Denk nach! „… seit gestern Abend …“ Denk nach!! „… so Magenkrämpfe.“
„Dacht ich’s mir doch. Ich hab dir schon beim ersten Frühstück gesagt, dass du nicht alles fressen sollst, was das Buffet hergibt … das hast du jetzt davon.“
„Ja, kann sein.“ Leg doch endlich auf und lass mich in Ruhe!
„Also, kotz es raus und dann bis morgen … und vielleicht diesmal lieber keinen Fisch zum Frühstück, was?“
„Ja … vielleicht besser … Nacht.“
„Bei mir noch nicht, ich glotz noch ’n bisschen, was sich da unten tut …“
„Okay“, stammle ich und lege auf. Er wollte noch was sagen, aber ich kann nicht mehr. Meine Gedanken rasen, mein Herz auch. Beruhige dich endlich! Ich muss würgen. Ich versuche mich zu beherrschen. Ich greife nach der auf dem Boden liegenden Zigarettenpackung und zünde mir eine an. Ein paar tiefe Züge beruhigen.

Endlich lässt das Händezittern nach. Aufgeregte Stimmen von unten dringen durch die offene Balkontür. Ich stehe auf und schließe sie. Meine Knie sind weich. Ein Wunder, dass ich es so schnell auf mein Zimmer geschafft habe. Ich exe einen Zwergenwodka aus der Minibar. Der beruhigt auch. Rekapitulation. Ich hole das kleine Schweizer Taschenmesser aus meiner Hosentasche. Wie viel Macht man mit so einem kleinen Ding ausüben kann, wozu man jemanden bringen kann … Es war richtig. Das Schwein hat es verdient, auch wenn er praktisch wehrlos war.

Mein Blick fällt auf die Badekappe und auf die Plastikhandschuhe neben dem Bett. Die Handschuhe habe ich gestern einer der Putzfrauen aus dem Wagen geklaut, während sie ein Zimmer saugte. Nur keine Spuren; keine Haare, Schuppen oder Fingerabdrücke hinterlassen. Wahrscheinlich war's übertrieben. Oder vielleicht doch ganz vernünftig. Verdammt – hat sich nicht irgend so ein Killer in einem Scorsese-Film auch noch Plastiktüten um die Füße gewickelt? Egal, eh zu spät. Entscheidend ist, keiner hat mich gesehen! Nicht vorher, nicht nachher. Der Flur war leer. Die Aufregung spielte sich draußen ab. Niemand hat mich auf dem Schirm. Der hastig geexte Wodka tut seine Wirkung. Ich entspanne mich, wenn man unter diesen Umständen überhaupt von Entspannung sprechen kann.

Schon im Frühstückssaal glaubte ich ihn aus der Entfernung erkannt zu haben. Als er dann abends bei der Lesung erschien, war ich mir sicher. Dieses Gesicht; jetzt eingefallen, faltig, mit Altersflecken übersät; dennoch, es gab keinen Zweifel. Ich hätte es unter Millionen Gesichtern wiedererkannt, egal wie gewöhnlich es auf andere wirken mag. Es hätte nicht so ausgehen müssen. Ich habe ihn verfolgt. Vorerst wollte ich nur reden, eine Erklärung, eine Entschuldigung, die ich sowieso nicht akzeptiert hätte. Aber der kleine Mann wollte nicht reden, sich schon gar nicht erklären, geschweige denn entschuldigen. Er hat alles abgestritten. Ich hab ihm eine zweite Chance gegeben, gestern vor seiner Zimmertür. Er hat sie ausgeschlagen, hat gesagt, ich würde ihn verwechseln und ich solle endlich verschwinden, er werde das Personal oder die Polizei rufen.

Wie unauffällig und schwächlich er war. Damals ist er mir wie ein unüberwindbarer Fels vorgekommen. Ihn so zu sehen, alt und hilflos, war seltsam befreiend. Die Verdrängung löste sich augenblicklich auf, alles war wieder präsent: das Zimmer mit den hohen Decken, der Geruch nach Pfeifentabak, der ekelhaft saure Geschmack des Rotweins, den zu schlucken er mich zwang. Rot kotzte ich ihn danach auf den Pausenhof, als würde sich mein schmaler Kinderkörper mit einem Schlag all seines Bluts entledigen. Heute Abend habe *ich ihn* gezwungen, die Weinflasche aus der Minibar auszusaufen. Mit dem kleinen Messer am Hals schaffte er es in nur zwei Minuten. Danach hätte ich sie ihm in seinen schrumpeligen Arsch schieben sollen. Der Bastard hätte diese Erfahrung auch machen sollen.

Spring! Spring, oder ich stech dich ab!, hab ich gezischt. In seinem Gesicht stand die nackte Angst. Für Geständnisse war es jetzt zu spät. Ich muss entschlossen gewirkt haben, trotz der albernen Damenbadekappe auf meinem Kopf. Er war mir ausgeliefert, wie auch ich ihm zwei Jahre meines Lebens ausgeliefert war. Das Blatt hatte sich gewendet. Nachdem ich ihn ein weite-

res Mal aufgefordert habe, ist er gesprungen. Wie brav und widerstandslos er sich in sein Schicksal fügte. Obwohl ich es mir fest vorgenommen hatte, hätte ich ihn niemals abstechen können, schon gar nicht mit diesem lächerlichen Schweizer Taschenmesser. Hätte er meine Unsicherheit gespürt, dann wäre er noch am Leben. Aber es war richtig, es war richtig, es war richtig …
Beim Zerschneiden der Badekappe und der Handschuhe mit der Nagelschere beginnen meine Hände wieder zu zittern. Die Unruhe kommt wellenartig über mich. Ich spüle die zerschnittenen Reste im Klo runter. Alle Spuren beseitigt. Ich trinke einen zweiten Wodka. Darauf noch einen.

*

O mein Gott! Das kann doch nicht sein. Wie konnte das passieren? Erstarrt steht sie da, die Hand fassungslos vorm Mund. Ungläubig schüttelt sie den Kopf. Man muss alles schnell in Ordnung bringen. Wie konnte der bloß da runterfallen, und noch dazu genau aufs Schachfeld? Kurz blickt sie nach oben, dann wieder nach unten. Der liegt ja da wie auf dem Präsentierteller. Tot, der ist mausetot! Und das ganze Blut, du großer Gott! Ich muss sofort den Chef anrufen. Mist, der ist auf Mykonos. Hat schon jemand den Krankenwagen – eh zu spät – oder die Polizei bestellt? Sie versucht sich zu sammeln.
„Lisa!", ruft sie. „Lisa!"
Eine verstörte junge Angestellte kommt auf sie zu.
„Ja, Frau Amorin?"
„Wurden die Polizei und der Krankenwagen verständigt?"

„Ich … ich weiß nicht." Das Mädchen beginnt zu weinen.
„Jetzt heul hier nicht! Sieh zu, dass die kommen!"
Sie war zu grob zu dem Kind, sofort tut es ihr leid. Auch sie selbst steht unter Schock.
„Ja, mach ich", kommt es kleinlaut von dem Mädchen.
Ein warmer Abend, das Meer rauscht leise. Sie blickt wieder auf den Toten und zwingt sich, näher heranzugehen. Das Blut glänzt auf dem beleuchteten Schachfeld. Sein Gebiss liegt unweit des Kopfes, es wurde durch den Aufprall herausgeschleudert. Jetzt erkennt sie den Mann, das auffällige Jackett. Sofort rattern gespeicherte Informationen durch ihren Kopf. Der Mann ist vorgestern angekommen. Er war allein hier. Gut, dann kann es zu keinem Nervenzusammenbruch einer Ehefrau kommen. Die junge Frau des Ertrunkenen vor zwei Jahren war stundenlang nicht zu beruhigen. Sie schämt sich für ihre pietätlosen Gedanken, aber für sie als stellvertretende Chefin hat das Wohl der Gäste und vor allem das harmonische Klima im Hotel Vorrang. Der Tote muss da schleunigst verschwinden.
„Bitte nicht anfassen, ein Krankenwagen kommt gleich", fordert sie betont höflich einige neugierige Gäste auf, die sich sensationslüstern über den Toten beugen. Ertappt ziehen sie sich sofort zurück. Sie lächelt, obwohl es keinen Grund zum Lächeln gibt, aber antrainiert ist antrainiert, das kann man nicht so einfach abstellen, nicht mal unter diesen Umständen. Sie schaut nochmals nach oben; auf einigen Balkonen stehen Neugierige. Von wo ist er gestürzt, vom vierten, fünften oder sechsten Stock? Ich müsste die Zimmernummer wissen. Womöglich hat er den Schlüssel bei sich. Ich werde ihn nicht durchsu-

chen, das darf ich auch nicht. Soll die Polizei das machen. Sie betrachtet die Schaulustigen auf den Balkonen. Selbst Kinder blicken gefesselt herunter. Können die Eltern das nicht verbieten? Wahrscheinlich interessanter als fernsehen. Und da oben im Dritten steht ja auch der junge Autor und glotzt. Na, da hat der ja frischen Stoff für eine neue Geschichte, denkt sie bitter. Und schon geht er rein. Macht sich bestimmt Notizen.

„Frau Amorin", reißt eine schüchterne Mädchenstimme sie aus ihren Gedanken.

„Ja?"

„Herr Mewes hat den Krankenwagen schon verständigt, der müsste bald kommen."

„Danke, Lisa. Das ist gut."

Das Mädchen blickt schaudernd an ihr vorbei auf den Toten.

„Soll ich sonst noch was tun?", fragt es zaghaft.

„Nein, nein, schon gut. Geh nur wieder rein … an die Arbeit."

„Okay", sagt das Mädchen und verschwindet schnell.

Sie schaut weiter wie gebannt auf die mittlerweile in einem Teppich aus Blut liegende Leiche. Wer soll das bloß alles wegwischen? Macht das die Polizei? Die Angestellten werden sich bestimmt weigern. Ihr schwirrt der Kopf. Das Wichtigste ist, die schaffen ihn hier möglichst schnell weg. Möglichst schnell.

In der Ferne ertönen Sirenen.

*

Wach! Habe ich überhaupt geschlafen? Acht Uhr dreiundvierzig. Schnell frühstücken und dann auschecken. Sich noch so lange zusammenzureißen, sollte machbar sein. Ich habe kein schlechtes Gewissen, warum sollte ich. Aber Kopfschmerzen habe ich. Nur noch das Frühstück hinter mich bringen und dann nichts wie raus hier und weg von dieser verfluchten Insel. Acht Uhr vierundvierzig. Ich gehe auf den Balkon und schaue nach unten. Alle Spuren beseitigt. Als wenn gestern Nacht nichts gewesen wäre. Das Schachfeld erstrahlt in schwarz-weiß kariertem Glanz, wieder bereit für spielwillige Urlauber. Die Kopfschmerzen lassen nach, die Morgenluft scheint gutzutun. Acht Uhr zweiundfünfzig. Ich muss jetzt runter. Benedikt wird bestimmt schon da sein. Der Gedanke an Essen bringt mich zum Würgen. Vorher noch schnell eine rauchen? Schaff ich nicht mehr. Egal. Bring's hinter dich. Nur noch kurz pissen und dann los. Hauptsache, weg hier, weg aus dem Hotel.

„Du siehst vielleicht beschissen aus", bemerkt Benedikt, als ich mich in unserer halbwegs isolierten Frühstücksecke zu ihm setze.

„Hab die halbe Nacht gekotzt", lüge ich.

„Dann solltest du dich heute vielleicht am Fischbuffet zurückhalten."

„Ich werde mich überhaupt zurückhalten … Kaffee reicht mir."

Sinnlos rühre ich mit dem Löffel in meiner Tasse herum.

„Und?", fragt Benedikt.

„Was und?"

„Was sagst du zu gestern?"

„Weiß nicht."

Ich nehme den Löffel aus der Tasse, weil meine Hände wieder anfangen zu zittern.

„Hast es gesehen?"

„Ja, hab ich." Das Zittern verstärkt sich. Ich verstecke meine Hände unter dem Tisch. Reiß dich zusammen!
„War 'ne ziemlich fette Blutlache."
„Ja." Reiß dich zusammen!
„Die haben den aber relativ schnell da weggeschafft."
„Ja, hab ich mitgekriegt." Ich muss kurz würgen.
„Mann, du siehst heute aber wirklich scheiße aus … nicht dass du mir hier auf den Tisch reiherst!"
„Geht schon."
„Hab heute schon mit diesem Knilch an der Rezeption gesprochen", nimmt er den Faden wieder auf. „Der meinte, die hatten hier zwar schon mal einen Ertrunkenen, aber so was noch nie … also so 'n Balkonsturz."
„Ist … ist der gestürzt?"
„Glaub schon, oder auch gesprungen."
„Aha."
Ich habe große Lust auf den Kaffee, aber meine Hände zittern zu stark. Ich schaue mich um. Eine seltsam gedrückte Stimmung. Aber vielleicht bilde ich mir das auch nur ein.
„Ich hab gestern Milja angerufen", bemerkt Benedikt nach einer kurzen Pause.
„Was?"
„Ich habe Milja in Helsinki angerufen!"
Themawechsel, endlich!
„Aha, und?"
„Ihr scheint es da so weit ganz gut zu gehen."
„Na ja … sie kommt von da, das sind gute Voraussetzungen."
Das Zittern lässt nach. Ich versuche, den Kaffee zu trinken … Es klappt. Nur ist er mittlerweile kalt. Ich brauche dringend eine Zigarette.

„Ja … ich glaube, ich hätte noch Chancen bei ihr … ich müsste wahrscheinlich einfach nur hinfahren."
„Will sie, dass du kommst?"
„Glaub schon, also direkt gesagt hat sie es nicht … aber der Junge vermisst mich."
„Na schön, dann fahr doch hin … hält dich doch nichts ab."
„Ja ja, stimmt schon", sinniert er.
„Wir sind hier doch durch … übrigens, wann müssen wir hier auschecken?"
Hoffentlich schon um elf!
„Glaub, bis zwölf kann man bleiben."
Scheiße!
„Gut."
„Ja, und da sind auch Zimmer frei geworden, wegen der Sache gestern. Schlägt wohl bei einigen auf die Stimmung … Schach spielt draußen auch keiner mehr." Benedikt lacht schadenfroh. „Schon abgefahren, eine Minute nachdem wir aufgelegt hatten, ist der Opa am Fenster vorbeigesegelt."
„Wir?", schreie ich fast. Bleib ruhig!
„Was? Quatsch, Milja und ich."
„Ach ja."
„Du warst doch grad am Kotzen … oder sonst was."
„Ja ja." Oder sonst was!
„Wäre der 'ne Minute vorher gesprungen, dann hätte Milja das live mitgekriegt …"
„Ja ja." Kannst du Penner endlich das Thema wechseln. – Ich muss hier raus!
„Hätte sie mir wahrscheinlich sowieso nicht geglaubt … nach einem Jahr rufe ich sie an, und währenddessen nippelt so 'n Opa ab."

„Ja … äh … wann wollen wir denn nun auschecken?“
„Mann, nun mach hier mal keine Hektik! Hast du es irgendwie eilig?“
„Nein, natürlich nicht, ich frag ja nur … ich wollte nur wissen … dann könnte ich noch … duschen gehen.“ Schwachsinniges Argument!
„Warum solltest du nicht duschen gehen können? Duschst du zwei Stunden? Die drehen dir das Wasser schon nicht ab.“
„Ja, schon klar.“ Meine Hände verschwinden wieder unterm Tisch.
„Wie spät ist es denn überhaupt?“, fragt Benedikt.
„Hab keine Uhr dabei.“ Ich bin nicht in der Lage, auf meine Uhr zu schauen.
„Entschuldigung“, wendet er sich an das ältere Ehepaar, das gerade am Nachbartisch Platz genommen hat. „Haben Sie zufällig die Uhrzeit?“
„Ja, natürlich, es ist jetzt genau Viertel vor zehn“, antwortet der Mann freundlich lächelnd.
„Danke, noch richtig früh“, bemerkt Benedikt.
„Wir sind um acht schon eine Stunde geschwommen“, meldet sich die Frau zu Wort und lächelt ebenfalls. Benedikt lächelt falsch zurück.
„Haben Sie das gestern mit dem Unfall auch mitbekommen? Schreckliche Sache, nicht?“, fragt die Frau.
„Ja, haben wir“, antwortet Benedikt.
„Wir kannten den Herrn sogar“, fährt sie fort, „also nein, kennen ist zu viel gesagt. Wir haben ihn tagsüber im Schwimmbad kennengelernt … ein sehr freundlicher Mensch.“
Ich muss würgen. Wenn ich nicht aufpasse, klatschen meine Hände gegen die Tischplatte!

„Aha", sagt Benedikt.
„Und ein paar Stunden später passiert dann so was … also, das ist wirklich ganz furchtbar … wir haben auch schon überlegt, früher abzureisen, aber so oft fahren wir in unserem Alter ja auch nicht mehr weg, und da haben wir uns jetzt entschieden, doch zu bleiben."
Ihr Mann stimmt ihr eifrig zu.
„Sehr vernünftig", bestätigt Benedikt.
„Na ja, dann noch einen guten Appetit", wünscht die Frau. Beide lächeln uns an. Mir kommt was hoch. Ich beherrsche mich.
„Ja, Ihnen auch", erwidert Benedikt grinsend.
„Äh, wir", stammle ich, „wir sind, glaub ich … langsam fertig."
„Ja, sind wir", sagt er. Anscheinend hasst er es auch, neugierige Mithörer zu haben.
Wir stehen auf und gehen. Ich stecke meine Hände in die Hosentaschen. Meine Beine sind aus Watte. Ich bin aber in der Lage, halbwegs normal zu gehen.
„Für einen Moment dachte ich, du reiherst vor den Alten auf den Tisch", sagt Benedikt, als wir den Frühstückssaal verlassen. „Du siehst echt scheiße aus."
„Ja, danke, hab's verstanden."
„Du musst raus an die Luft."
Ich muss raus aus dem Hotel; der Rest ist scheißegal!
„Ja."
„So langsam könnte ich mich an den Laden hier gewöhnen."
„Hast du 'ne Kippe?", würge ich heraus.
„Ja … lass uns draußen mal eine rauchen."
„Sehr gut."

*

Der Mann hieß Hermann Dietz und kam aus Wiesbaden, das hat sie schnell herausbekommen. Laut Reservierung beabsichtigte er eine Woche zu bleiben und wohnte in Zimmer sechshunderteinunddreißig im sechsten Stock. Man hätte ihn lieber in den Ersten packen sollen! Ihr Chef hat gefasst reagiert und ihr sein Vertrauen ausgesprochen, sie würde sicher schnell alles Weitere zu seiner vollen Zufriedenheit und zum Wohle des Hotels regeln. Wie immer hat sie versprochen, ihr Bestes zu tun. Zu ihrer Erleichterung wurde die Sache relativ zügig behoben. Nachdem ein Arzt den Tod bestätigt hatte, wurde er sofort fortgeschafft. Die Polizei stellte noch einige Routinefragen, nahm die Personalien auf und begutachtete das Zimmer des Verstorbenen. Ein vorangegangener Aufenthalt in der Bar und eine leere Weinflasche auf dem Fußboden ließen auf einen tragischen Unfall unter Alkoholeinfluss schließen. Falls noch etwas zu klären sein sollte, oder falls ihr oder eventuell auch Gästen noch etwas aufgefallen sein sollte, was auf ein mögliches *Fremdverschulden* hindeuten würde, dann möge sie sich bitte melden. Der freundliche Polizeibeamte gab ihr eine Karte. Sie bedankte sich und war froh, dass die unschöne Geschichte ausgestanden war. Schon kurz nach Mitternacht war alles wieder so, als wenn nichts geschehen wäre. Mit unmenschlichen Kopfschmerzen und total erschöpft fuhr sie Stunden nach ihrem eigentlichen Feierabend nach Hause. Der kommende Tag würde, wie jeder Tag in der Saison, wieder ein anstrengender werden.

Nachdem sie am Morgen alle Routinetätigkeiten hinter sich gebracht hat, kann sie kurz durchatmen und in ihrem Büro einen Kaffee trinken. In Gedanken versunken sitzt sie am Schreibtisch. Als ihr Mann vor zwei Jahren nach kurzer, schwerer Krankheit starb, bekam das Hotel ihre ganze Aufmerksamkeit. Zuerst hatte sie sich mit der vielen Arbeit ablenken wollen, doch nachdem sie zur stellvertretenden Chefin ernannt worden war, wurde aus der Ablenkung eine Pflicht. Zu Hause gab es ohnehin nichts mehr, was sie festhielt. Sie hatte keine Kinder. Lediglich die Erinnerungen an das gemeinsam und großteils wirklich glücklich verbrachte Leben – und gerade diesen Erinnerungen versuchte sie zu entkommen. Eine Möwe fliegt kreischend am Fenster vorbei. Sie liebt das Meer, hasst aber diese Vögel, hat sie schon immer gehasst.

Im Hotel gibt es an diesem Morgen kaum ein anderes Thema als den Vorfall vom Abend zuvor. Sowohl die Gäste als auch das Personal sprechen darüber. Ganz früh am Morgen hat sie nachgeschaut, ob auch wirklich alle Spuren beseitigt wurden. Sie hat nichts mehr gefunden.

Der Kaffee tut ihr gut. Ein tägliches Ritual, das sie für den anstrengenden Tag bereit macht. Weiter nachsinnend sitzt sie da. Sie spielt mit der Visitenkarte der Polizei in ihrer Hand. Falls ihr noch etwas aufgefallen sein sollte, hat der charmante Beamte gesagt. Ihr ist aber nichts weiter aufgefallen. Was sollte ihr schon aufgefallen sein? Sie ist erleichtert, dass die Sache vom Tisch ist. Sie schaut beiläufig auf die Uhr. Zwanzig vor zehn. Nur die eine Sache vielleicht: der Streit am Nachmittag vorm Schwimmbad zwischen dem Verstorbenen und dem Vorleser. War es wirklich ein Streit? Wie heißt der Mann noch gleich? Der Autor heißt Buchholz, aber

wie ist der Name des Vorlesers? Flink durchwühlt sie ihre Ablage nach der Kopie des Honorarvertrags.
Der Autor, Herr Benedikt Buchholz, und der Erzähler, Herr Viktor Klein, gewährleisten ihr Erscheinen, liest sie. „Klein", murmelt sie vor sich hin und nimmt noch einen letzten kräftigen Schluck. Das Telefon klingelt, sie geht ran, bestätigt etwas, bedankt sich und legt auf. Und selbst wenn es ein Streit war, was hat das schon mit dem Unglück zu tun? Alles nur Zufall, das war ein tragischer Unfall und Schluss … Aber wenn doch nicht? Fremdverschulden? Was soll ich machen? Soll ich den Klein vielleicht fragen: Entschuldigen Sie, Herr Klein, aber mir kommt da etwas komisch vor; haben Sie zufällig gestern Abend mit Herrn Dietz auf seinem Zimmer zusammen gemütlich eine Flasche Wein getrunken und ihn danach vom Balkon gestoßen? Sie muss schmunzeln. Nein, nein, ich mach mich doch nicht lächerlich. Wieder wirft sie einen Blick auf die Uhr. Zehn vor zehn. Es wird Zeit. Sie muss wieder an die Arbeit. Überstürzt, wie das so ihre Art ist, verlässt sie ihr Büro.

*

In der Nähe der Rezeption kommt uns auch noch diese Veranstaltungstussi entgegen.
„Guten Morgen, meine Herren."
„Morgen", antworten wir.
„Heute ist Abreisetag, ja?"
„Ja", antworten wir.
„Ich hoffe sehr, es hat Ihnen bei uns gefallen, trotz des …"
„Ja", antworten wir.
„… trotz des … ach, ist das nicht schrecklich?", seufzt sie.
„Sie meinen den Vorfall gestern Abend?", fragt Benedikt.

„Ja, ich meine den *Vorfall* gestern Abend … mein Gott, so was ist hier bei uns noch nie passiert. Wir hatten zwar schon ein paar Herzinfarkte und einen Ertrunkenen, aber so etwas …"
„Was ist denn eigentlich genau passiert?", fragt Benedikt neugierig. Ich behalte meine Hände in den Taschen und atme tief durch. Nur nicht auffallen.
„Der Herr ist gestürzt, war wohl betrunken."
„Betrunken!?"
„Jedenfalls vermutet das die Polizei. Man hat in seinem Zimmer eine leere Weinflasche aus der Minibar gefunden … Genaueres weiß man wohl erst nach der, äh … Obduk…"
„Obduktion", hilft Benedikt aus.
„Ja, genau."
„Aber wegen einer Flasche Wein? Deshalb stürzt man doch nicht gleich vom Balkon."
Scheiße, halt doch das Maul!
„Genau, Herr Buchholz, das habe ich mir eigentlich auch gedacht", stimmt sie lebhaft zu.
„Also, ich hab schon gelegentlich mal 'ne Flasche Wein getrunken, bin deshalb aber noch nie von 'nem Hochhaus runtergefallen", bemerkt Benedikt lachend.
„Sehen Sie." Sie lacht bitter.
„Aber wer weiß, vielleicht hatte der … äh … der Herr ja auch schon vorher was getrunken", höre ich mich plötzlich sagen.
Die Veranstaltungsfrau betrachtet mich jetzt sehr genau. „Das stimmt natürlich auch", sagt sie dann und glotzt mich weiter an. Lange halte ich das nicht mehr aus. „Jetzt, wo Sie es sagen – der Herr soll sich gestern Abend ja auch noch in der Bar aufgehalten haben … außer-

dem, vielleicht konnte er Alkohol nicht besonders gut vertragen, er war ja auch sehr schmächtig … ach, ich weiß es doch nicht.“ Sie schüttelt resignierend den Kopf.
„Auf unserer letzten Lesung war der Mann auch“, fällt es Benedikt plötzlich wieder ein.
„Ach, ehrlich?“, fragt sie.
„Ja, er ist mir wegen diesem grellgelben Jackett aufgefallen. Er war einer von denen, die mal kurz zwischendurch reingeschaut haben …“
„Ah ja.“
„Hast du ihn nicht auch bemerkt?“, wendet er sich jetzt an mich. Ich fühle, wie ich blass werde.
„Weiß nicht … ich … ich musste mich aufs Vorlesen konzentrieren.“
„Entschuldigen Sie, dass ich das so direkt sage, Herr Klein, aber Sie sehen gar nicht gut aus.“
„Er hat ’ne Magenverstimmung“, wirft Benedikt ein.
„Ach herrjemine, das tut mir aber leid, Herr Klein. Sie sollten sich schonen.“
Wenn ich wirklich geschont werden soll, dann verpiss dich endlich und lass mich von hier abhauen!
„Und Pfefferminztee müssen Sie trinken. Tee wirkt bei Magenbeschwerden wahre Wunder.“
„Ja, werd’ ich machen.“
„Und Zwieback, bloß nichts Schweres oder Milchprodukte.“
„Ja, danke für den Tipp.“
„Du musst ihn doch bei der Lesung gesehen haben“, nimmt Benedikt den Faden wieder auf.
Ich versuche mich dumm zu stellen.
„Wen?“
„Den Opa mit dem gelben Jackett!“

„Nein, hab ich nicht", zische ich ihn an. Das war unklug, verhalte dich unauffällig und möglichst normal. Normal!? Du machst dich sonst vielleicht verdächtig. Aber eigentlich kann ich mich nicht verdächtig machen, schließlich wird ja niemand verdächtigt. Trotzdem, meine Nerven müssen unter Kontrolle gebracht werden.

„Aber Sie kannten den Herrn doch", bemerkt sie und guckt mich fuchsig an.

„Wie?", frage ich geschockt.

„Na ja, inwieweit Sie sich kennen – Entschuldigung, kannten, kann ich natürlich nicht sagen, aber Sie haben doch gestern mit dem Verstorbenen noch gesprochen … hier im Hotel …"

Ich muss alle verbliebenen Kräfte mobilisieren, um nicht umzukippen. Kalter Schweiß bildet sich auf meiner Stirn.

„… vorm Eingang zum Schwimmbad … da hab ich Sie gestern mit dem Herrn reden sehen. Es schien mir ein sehr angeregtes Gespräch zu sein."

Verdammt, ich dachte, uns hätte dort keiner gesehen! Sie betrachtet mich sehr aufmerksam.

„Man könnte fast meinen, Sie hätten einen Streit gehabt." Sie lacht kontrolliert.

„Das hast du ja noch gar nicht erwähnt", fährt Benedikt dazwischen. Ich spüre einen beleidigten Unterton. Noch einmal zusammenreißen. Ich wende alles auf, um gelassen und normal zu klingen:

„N-nein, nein, der … äh, der Herr hat mich nur etwas gefragt, und ich habe ihn missverstanden …"

„Missverstanden?", bohrt das neugierige Miststück.

Scheiße, denk dir irgendwas aus! Es kann ruhig sinnlos sein, muss aber trotzdem plausibel klingen!

„Ja, ja … ein Missverständnis, ich … äh, dachte … also, ich hatte zuerst verstanden, dass der Herr darauf bestand, im Schwimmbad allein, also ungestört zu schwimmen, aber in Wahrheit wollte er nur wissen … ob man … ob man dort allein einfach so hineingehen darf. Er war sich nämlich nicht sicher, ob es nicht geschlossen war. Zu dem Zeitpunkt war niemand drin."
Schlucken sie diesen Schwachsinn? Schlucken sie's?
„Ah ja, verstehe."
Sie ist nicht überzeugt, muss sich mit der Antwort aber zufriedengeben. Ich spüre, dass ihr etwas an mir nicht passt, aber wahrscheinlich weiß sie selbst nicht, was. Solche Leute haben Intuition, das bringt der Beruf so mit sich. Halt durch und sei bloß wachsam!
„Na ja", fährt sie fort, „ist ja eigentlich auch nicht wichtig. Was löchere ich Sie auch mit meinen neugierigen Fragen. Das ist hier ja schließlich kein Verhör."
„Nein, nein, schon gut", sage ich, „das kann aus der Distanz schon etwas komisch gewirkt haben, aber …"
„Ach, nun lassen Se mal, Herr Klein", unterbricht sie mich übertrieben freundlich und tippt mir aufmunternd auf die Schulter. „Sie sollten jetzt erst mal Ihre Bauchschmerzen loswerden und sich deshalb die Zeit nehmen und einen schönen heißen Tee trinken."
„Ja, wahrscheinlich eine gute Idee."
„Ähm, apropos Zeit nehmen", schaltet Benedikt sich jetzt wieder ein. „Wann sollen wir hier eigentlich auschecken?"
Genau! Endlich werden die richtigen Fragen gestellt.
„Eigentlich um zwölf", verkündet sie lächelnd. „Aber wenn Sie möchten, kann ich mich mal eben erkundigen, ob Ihre Zimmer heute noch gebraucht werden.

Wenn nämlich nicht, dann können Sie auch gern noch bis zum Nachmittag bleiben."
O Gott, nein!
„Wirklich?", ruft Benedikt begeistert aus.
„Ja, toll, nicht? ... Warten Sie mal eben kurz, ich frag mal schnell nach. Welche Zimmernummern haben Sie denn?"
„Dreihunderteinunddreißig", sagt Benedikt wie aus der Pistole geschossen.
„F-fünf... äh ... fünfhundertneunundvierzig", sage ich, und bemühe mich dabei, so wie Benedikt zu grinsen.
„Danke", sagt sie und huscht zur Rezeption.
„Was war'n das für 'ne kranke Geschichte?", fragt Benedikt sofort.
„Was?"
„Dein Plausch mit dem Gelbjackettopa."
„Ach, der hat mich irgendwie kurz vollgelabert, ob ..."
„Ob er allein schwimmen darf?" Er betrachtet mich skeptisch.
„Ja, oder so ähnlich, und ob ... ob man Badekappen benutzen muss."
„Badekappen? Hat er gedacht, du bist hier Bademeister oder was?"
„Mann, was weiß ich ... ich hatte tierische Bauchkrämpfe, und der hat mich mit seinem Scheiß vollgelabert!"
Klang das jetzt überzeugend? Ich bin mir nicht sicher, aber Benedikt scheint mir zu glauben. Ob die Veranstaltungstussi mir die Story auch abgekauft hat? Wenn nicht, scheiß drauf!
„Vielleicht haben wir ja Glück und wir können noch 'n paar Stunden länger bleiben", wechselt Benedikt das

Thema und schaut zur Rezeption, an der die Frau lebhaft mit dem Igelschnitt verhandelt.
„Ja, das wäre klasse."
Benedikt überhört meine Ironie und macht ein leises Bäuerchen.

*

Sie weiß, die beiden beobachten sie, deshalb wendet sie ihnen den Rücken zu.
„Ralf, was ist mit den Zimmern dreihunderteinunddreißig und fünfhundertneunundvierzig? Bleiben die heute frei?"
Der Mann an der Rezeption schaut konzentriert auf den Bildschirm.
„Beide für heute gebucht", antwortet er.
Sie legt die Stirn in Falten. Der Klein sieht miserabel aus, so blass! Ich brauche noch Zeit zum Nachdenken. Ich will mir einfach sicher sein. Kann ich mir überhaupt sicher sein? Nur ein paar Stunden will ich die beiden – ihn – hier noch festhalten!
„Ein Zimmer brauch' ich aber … buch die eine Reservierung bitte um, und gib mir die Fünfhundertneunundvierzig!"
„Ja, ist gut, Frau Amorin."
„Okay, danke."
Sie dreht sich um, und mit einem überschwänglichen, schon fast übertriebenen Lachen geht sie auf die beiden zu.

*

„Ich habe gute Nachrichten für Sie! Ein Zimmer wird heute nicht mehr gebraucht, das von Herrn Klein!"
„Das klingt toll", erwidert Benedikt.

Sie betrachtet uns erwartungsvoll, besonders mich, wieso mich, du neugierige Fotze?
„Ja, toll“, sage ich mit fast versagender Stimme. Klasse, unmotivierter ging’s wohl nicht.
„Nicht wahr?“, sagt sie. „Besonders Ihnen, Herr Klein, werden ein paar Stunden mehr sicher guttun. Ein bisschen schlafen und ein bisschen frische Luft.“
„Ja“, sage ich.
„Also, meine Herren, ich muss Sie jetzt verlassen. Ich habe heute noch einiges zu tun, schon wegen der Sache von gestern, das können Sie sich sicher vorstellen.“
„Na klar“, sagt Benedikt.
„Falls wir uns nicht mehr sehen sollten; die Honorarrechnung schicken Sie mir dann zu, ja, Herr Buchholz?“
„Ja, natürlich.“
„Wunderbar. Also, meine Herren, dann noch einen schönen Restaufenthalt.“
„Ja, danke“, sagen wir gleichzeitig.
Sie dreht sich um und geht. Wir streben zum Ausgang.
„Und, Herr Klein!“, schallt es hinter uns. Ich zucke zusammen, und langsam wende ich den Kopf. Da steht sie und ruft: „Denken Sie dran – Pfefferminztee!“ Lachend verschwindet sie. Endlich! Nach einem Augenblick sage ich mit fester Stimme:
„Ich will nicht mehr bleiben. Ich will fahren. Jetzt!“

*

Sie sitzt in ihrem Büro. In der einen Hand hält sie die Visitenkarte, die andere ruht auf dem Telefonhörer. Der Mann hat etwas zu verbergen, da ist sie sich jetzt sicher. Wie er am Ende geradezu zusammengezuckt ist. Etwas stimmt da einfach nicht. Auch die Magengrippe nimmt sie ihm nicht ab, und selbst wenn, in ihren Augen hat sich dieser Klein verdächtig benommen, überaus verdächtig, Magengrippe hin oder her. Sie weiß, dass sie ihre Arbeit vernachlässigt, aber sie will, sie muss jetzt eine Entscheidung treffen. Falls Ihnen noch etwas aufgefallen sein sollte, die Worte des Polizisten klingen noch immer in ihren Ohren. Ja, ihr ist tatsächlich noch etwas aufgefallen, aber trotzdem, vielleicht war es gar nichts, vielleicht hat es überhaupt nichts zu bedeuten, vielleicht hat sich der Tote bei Klein wirklich nur nach den Öffnungszeiten des Schwimmbads erkundigt. Würde sie zum Hörer greifen, dann hätte sie wahrscheinlich nur Scherereien, und würde am Ende womöglich dumm dastehen. Trotzdem, etwas ist faul … Nachdenklich schaut sie aus dem Fenster. Der Himmel bedeckt sich. Da kommt heute noch was runter. Wieder blickt sie auf die Visitenkarte. Ihre Hand ruht immer noch auf dem Hörer. Draußen kreischt eine Möwe. Es ist Viertel nach zehn.

*

Kurz vor halb elf steigen zwei Männer in einen klapprigen Renault und fahren vom Hotelparkplatz. Als sie die zwei aus Stein gemeißelten Löwen passieren, kommt ihnen auf der Gegenspur eine Streife entgegen. Der Himmel ist bedeckt. Einzelne kleine Regentropfen fallen auf die Frontscheibe. Die beiden sitzen schweigend nebeneinander. Eine halbe Stunde später fahren sie über die imposante Rügenbrücke, direkt in ein tobendes Gewitter.

12

Den Vorhang zu und alle Fragen offen

„... *direkt in ein tobendes Gewitter* ... Vielen Dank für Ihre Aufmerksamkeit."

Applaus erklingt. Er blickt freundlich in das aus drei Personen bestehende Publikum. „Haben Sie irgendwelche Fragen?"

„Ja", meldet sich nach anfänglicher allgemeiner Zurückhaltung eine Frau mit spitzem Vogelgesicht zu Wort. „Also, wird denn der Vorleser nun des Mordes überführt oder nicht? Am Ende kam doch die Polizei!"

„Das ist der Fantasie des Lesers überlassen."

„Ein richtiger Mord war es ja streng genommen nicht", wirft ein Herr mit feschem rotem Brillengestell ein, „vielmehr eine Art Nötigung mit Todesfolge."

„Quatsch", schnattert das Vogelgesicht dazwischen, „selbstverständlich war es Mord – sogar ein kaltblütig geplanter."

„Hm ... ja, vielleicht haben Sie recht", lenkt das rote Brillengestell zerknirscht ein.

„Also, wenn ich ganz offen sein darf", nimmt das Vogelgesicht den Faden wieder in den Schnabel.

„Bitte."

„Ich möchte Ihnen natürlich nicht zu nahe treten, aber in Ihrem Konvolut bleiben doch einige Fragen offen, oder sind nur sehr vage angeschnitten."

„Alles Wesentliche wurde gesagt, alles Weitere wäre Geschwafel."

„Ist Ihr Roman denn autobiografisch?", fragt jetzt die Dritte, eine ältere Frau mit lila gefärbtem Haar.

„Nein, fiktiv."

„Ich habe noch eine Frage", meldet sich nochmals das Brillengestell zu Wort.

„Nur zu."

„Ihr Roman, was ist das eigentlich für ein Genre? Also, ein Krimi ist es ja eigentlich nicht, ein *Coming-of-Age*-Roman irgendwie auch nicht, also, ich wüsste gar nicht, wie oder vielmehr wo ich Ihren Roman einordnen sollte. Ist es ein humoristischer Roman, eine Farce, oder doch eher ein Drama?"

„Brauchen Sie für alles 'ne Schublade? Lassen Sie's doch mal 'n bisschen rumliegen."

„Na ja, es wäre halt schön zu wissen … ich finde, irgendwie fällt Ihr Buch da zwischen alle Stühle. Ich wüsste auch gar keine Zielgruppe."

„Ich auch nicht", antwortet er und klappt das Buch zu.

Inhalt